SOPA DE LIBROS

Título original: *Ás de mosca para Anxo*

Juan Ignacio Luca de Tena, 15. 28027 Madrid
www.anayainfantilyjuvenil.com
e-mail: anayainfantilyjuvenil@anaya.es

1.ª edición, octubre 1998; 2.ª impr., octubre 1999
3.ª impr., marzo 2000; 4.ª impr., octubre 2000
5.ª impr., diciembre 2001; 6.ª impr., febrero 2003
7.ª impr., marzo 2004; 8.ª impr., enero 2005

Diseño: Manuel Estrada

ISBN: 84-207-8987-9
Depósito legal: M. 360/2005

Impreso en ANZOS, S. A.
La Zarzuela, 6
Polígono Industrial Cordel de la Carrera
Fuenlabrada (Madrid)
Impreso en España - Printed in Spain

Casalderrey, Fina
Alas de mosca para Ángel / Fina Casalderrey ; ilustraciones de Manuel Uhía ; traducción de Juan Farias. — Madrid : Anaya, 1998
144 p. : il. n. ; 20 cm. — (Sopa de Libros ; 22)
ISBN 84-207-8987-9
1. Secuestros. 2. Escuelas. 3. Disminuidos psíquicos. 4. Tolerancia. I. Uhía, Manuel, il. II. Farias, Juan, trad. III. TÍTULO. IV. SERIE
869.9-3

Alas de mosca para Ángel

SOPA DE LIBROS

Fina Casalderrey

Alas de mosca para Ángel

Ilustraciones
de Manuel Uhía

Traducción de Juan Farias

1

Los quioscos de la villa agotaron sus periódicos

Esta mañana, los quioscos de la villa agotaron sus periódicos antes de las once. Traían varias páginas hablando de ese señor que está secuestrado. Volvieron a publicar la carta de Estrella y lo que pasó después; por eso hemos querido guardar esas hojas como recuerdo.

Creo que por primera vez en nuestra vida hemos leído varias páginas seguidas de un periódico. Al pie de la carta aparece de nuevo nuestra firma. Teresa dijo que piensa hacerle un marco y ponerlo en el salón de su casa, como si fuese un cuadro de una pintora famosa.

La foto de Estrella no viene. Sus padres lo prohibieron; quieren que los periodistas la olviden pronto y la dejen en paz. Estrella se puso muy nerviosa cuando un cámara y una periodista se le acercaron y empezaron a hacerle preguntas y a grabar sin interrupción.

LIBRE GRACIAS A LA SENSIBILIDAD DE UNA DEFICIENTE MENTAL

¿Podremos poner pronto este titular en nuestra portada?

Conmovedor desenlace de la historia que esta redacción les viene relatando desde hace varios días sobre la desaparición de Estrella Canedo. Después del seguimiento del caso, les ofrecemos una noticia deseada e impresionante por lo que tiene de aleccionadora para todos.

Hoy, gracias al alumnado del Colegio Rosalía de Castro, que ha suscrito, con su valiosa firma, una preciosa carta escrita por una niña un tanto especial, el empresario Ramón González, que continúa en este momento privado de libertad, puede tener la certeza de que su tragedia personal no ha sido olvidada. En todos los rincones del país se sigue escuchando una voz unánime: ¡Basta ya!

Van ya ciento noventa y dos días de tortura para don Ramón. Ojalá éste sea el último. Sería suficiente con que la carta y los acontecimientos que se han desencadenado después hagan en los secuestradores la mitad del efecto que han producido en toda la población.

Debemos felicitarnos por tener entre nosotros a una niña capaz de hacer suyo el drama que en este momento están viviendo los hijos

del empresario, expresando su rebeldía y desesperación de la manera más insólita. Una carta aparentemente simple, cargada de ingenuidad, dura y tierna al mismo tiempo, junto con la escalofriante y valiente actitud de Estrella, que deseamos sea el móvil que haga reflexionar a aquellos que parecen dormidos ante tanta barbarie...

2

SI SUPIESE ESCRIBIR LO QUE ESTOY PENSANDO

Los diferentes periódicos volvieron a publicar la carta de Estrella y eso nos pareció bien. Creo que la sabemos de memoria todos los habitantes de la villa. Lo que no estuvo bien fue aquello de «DEFICIENTE MENTAL» que escribieron en los titulares. Los amigos y amigas de Estrella, que somos un montón, estamos pensando en mandar otra carta a los redactores del periódico que la llamaron así y ponerlos verdes por imbéciles. Claro que no sé si sabremos hacerla tan bonita como la suya.

Podría ser algo así como:

Sr. Director del diario «El Oeste»

Distinguido señor:

Somos alumnos y alumnas del Colegio Rosalía de Castro que acabamos de terminar sexto de Primaria. Nos dirigimos a usted para hacer una protesta muy seria sobre la noticia que salió recientemente en su periódico, exactamente donde se hablaba de Estrella Canedo.

Parece mentira que personas tan listas como ustedes pongan en letras grandes DEFICIENTE MENTAL *para referirse a una amiga nuestra. Estrella demostró delante de toda la villa que es mucho más inteligente que esos adultos que tratan de arreglar lo del secuestro del señor empresario. Si es por lo que hizo hace unos días, le diremos que lo único que vino a demostrar Estrella fue que es mucho más valiente que cualquiera de nosotros, puesto que ninguno fue capaz de hacer lo que ella hizo.*

Le exigimos que saque en letras bien grandes un texto en el que Estrella sea tratada como se merece. ¡Y en primera página! De no hacerlo así, aténgase a las consecuencias. Es posible que ensuciemos las paredes del edificio en el que usted trabaja con pintadas gigantes que no le van a gustar nada. Puede que le sirvan para entender mejor nuestro cabreo.

Aprovechamos también para pedirle que anuncie, ya que comienzan las vacaciones y no podemos avisar a todo el mundo, que este sábado haremos una gran fiesta en el Pabellón Municipal de Deportes en homenaje a Estrella, y que quien quiera asistir ha de ir provisto de un refresco a elegir y de los manjares típicos para estas ocasiones.

Los adultos, y esto que quede claro, tienen prohibida la entrada, excepto los dos valientes policías y don Carlos, que nos echará una mano en la organización. No lo olvide...

Si supiese escribir lo que estoy pensando, pondría algo semejante. Ya veremos lo que nos sale esta tarde entre todos. Se lo podemos pedir a Olalla, que siempre hace las redacciones más *guais* de la clase.

3

A COMIENZOS DE ESTE CURSO

A comienzos de este curso, aquel primer día, mientras aguardábamos a que alguien nos llamase por lista, estábamos, quizás, más tranquilos que nunca. Sabíamos que nos iba a volver a tocar don Carlos, que los compañeros y compañeras no iban a cambiar... No teníamos que estar rezando para que no nos diese clase don Genaro. Éste siempre tiene cara de dolor de barriga y nunca quiere ir de excursión. Dice que él no estudió para eso. Lucía, que ha estado este año en su clase, piensa que debe de tener un resorte en la boca; cuando parece que se va a reír, de pronto, los labios se le ponen rígidos y se queda absorto mirando al techo. A lo mejor es que desea ser alpinista, aunque con esa barriga que tiene (por eso digo si le dolerá) no creo que lo consiga nunca. Como mucho puede llegar a ser un alpinista en ascensor. Para mí que está dando clase a la fuerza.

Estábamos hablando un poco fuera, mientras iban llamando a los otros cursos, y fue entonces, al quedarnos en el recinto sólo los de sexto, cuando nos dimos cuenta de que había una chica nueva. No parecía tener mala pinta, pero no teníamos ganas de soportar a una más. Ya estaban en mayoría, y cuando votábamos para escoger delegado, o cualquier otra cosa, siempre ganaban ellas. «Una más no, por favor», pensamos los chicos.

—Ésa nunca ha estado en este cole.

—Que vaya con los del B.

—A ver si se apellida Yagüe o Zeballos y se va seguro.

—Sólo falta que se apellide Aaaálvarez

—Si tartamudea.

Durante un momento no hicimos más que mirarla. Llevaba una falda vaquera con chaleco de la misma tela. Debajo llevaba una camiseta verde. Sus ojos parecían claros, aunque ninguno podía precisar el color. No estaba lo bastante cerca. Lo que si pudimos ver fue que era más alta que la mayoría de nosotros y que tenía el pelo cogido en una coleta.

Las chicas de nuestra clase se habían juntado en un corro aparte. Por los gestos se veía que también andaban fijándose en la chica nueva. A nosotros no nos hacían ni pizca de caso. Sólo Iria *Metepata* se acercaba de vez en cuando a nuestro grupo. Desde quinto está por Rodrigo, y donde anda él, allí aparece ella. A veces nos metemos con Rodrigo:

—Vas a tener hijos *palillos*.

Iria es muy delgada. Parece Olivia, la de Popeye, el Marino. Cada vez que necesitamos que alguien se meta por un sitio muy estrecho, la escogemos a ella. Un día que Rodrigo se había quedado encerrado en el aseo, Antón dijo:

—Si fuese Iria podría salir por el agujero de la cerradura —y todos nos pusimos a reír. Era un poco exagerado.

4

HE AQUÍ UNA COMPAÑERA NUEVA

Con montones de historias para contarnos, con ganas de estrenar los cuadernos nuevos, con bromas sobre la chica nueva... nos fue llegando el turno a todos. Fuera, las voces sonaban cada vez más débiles. Los grupos se iban haciendo más pequeños. Me tocó a mí y la chica todavía seguía pegada a una mujer. Supusimos que debía de ser su madre. De nuestra clase sólo faltaban por llamar Ángel Costas y Alba Currás, que enseguida aparecieron en el aula.

—¡Bien! —exclamamos todos a la vez, calculando que la nueva no venía con nosotros.

—¡Callad! —dijo Ángel—. Viene con su mamaíta y con el profe y se llama Estrella Canedo. Hay que cargar con ella.

Entonces fue cuando las chicas aplaudieron contentas. Estaba visto que otro año más tendríamos de delegada a una mujer. Y nuestros nombres serían de nuevo los que más veces aparecerían en la pizarra por mal comportamiento; antes de entrar el profe, volarían los nombres de sus amigas, y nosotros aguantando con un montón de cruces. Menos mal que don Carlos casi siempre borraba la pizarra sin leer lo que ponía.

—¡Ahí vienen! —gritó Antón, que estaba de vigilante en la puerta.

Don Carlos entró sujetando a la chica por los hombros y nos dijo:

—He aquí una compañera nueva. Su nombre es Estrella. Espero que la tratéis bien —y añadió, dirigiéndose a ella—: De momento te sentarás aquí, Estrella. Después ya veremos.

Le tocó junto a Santiago y fue un alboroto. Nosotros nunca nos sentábamos con las chicas y nos reímos por lo bajo. No le quitábamos ojo de encima. El profe salió fuera a hablar con la madre, y va ella y se pone a mirar a Santiago como si lo conociera de toda la vida, volviendo la cabeza para mirarlo de frente. Santiago apoyaba las mejillas en las manos y sólo miraba de reojo. De pronto, como si fuese un mosquito que te pica sin darte tiempo a ahuyentarlo, Estrella le estampó un beso en la cara. Explotó como si fuese un globo. Santiago se puso tan colorado que pa-

recía que acabara de sumergirse en una piscina de tomate frito. Se convirtió en una estatua encarnada. Luego ella se levantó y se fue aproximando a todos los que veía reír para besarlos. A las chicas también, hasta terminar por besar a Teresa y a Leila; y para besar a ésas... Después volvió junto al encerado, se puso a mirarnos con cara muy seria y preguntó:

—¿Amigos? —y como todo el mundo se quedó *flipado*, volvió a repetir—: ¿Amigos? —y se volvió a sentar.

5

¿Es esto un tren?

Si estuviésemos en la clase los mismos del año anterior, a buen seguro que andaríamos de paseo mientras no viniese el profe, pero aquella desconocida se comportaba de tal manera que nos dejo mudos.

Cuando algún padre o alguna madre venía a hablar con don Carlos a la puerta de la clase, nunca hacíamos caso, pero aquello nos pareció diferente. Sentimos curiosidad y escuchamos:

—Es una niña extremadamente sensible. Es posible que sufra bastante antes de adaptarse a este nuevo colegio.

—No se preocupe, señora, estaremos pendientes de ella.

—El mayor problema es que es una niña muy crédula. No entiende que la gente mienta y esto nos ha traído complicaciones. Tenga cuidado, por favor, con la manera de decirle las cosas. Es muy buena, pero más terca que una mula.

—Quédese tranquila, ya verá que no pasa nada. Estos chicos son buena gente.

A nosotros nos daba risa, pero no queríamos armar jaleo, y no sólo para seguir escuchando, sino para que no empezase a besarnos de nuevo.

—No somos de piedra y claro, con tres hijos y un trabajo..., a veces pierdo la paciencia, la grito y ella se pone nerviosísima. Adviértale usted también, por favor, dígale que no se fíe de la gente. Es tan confiada.

—Nada, tranquila. En clase también hablamos de esas cosas. Entre todos, malo será que no podamos ayudarla.

—Sobre todo tenga cuidado con las mentiras, aunque sean en broma. Estrella no sabe qué es eso.

Todos pensábamos que, si fuese nuestra madre, nos habría dado vergüenza que se comportase de una forma tan plasta.

—Si mi madre hiciese eso, la dejaría encerrada en casa.

—Si fuese la mía, la lanzaría en un cohete hacia otra galaxia.

—Pues yo iría a un abogado, que se puede hacer, y la denunciaría por abuso de poder.

Todo eso lo decíamos por lo bajo. Mientras, la conversación se hacía muy larga. Ya era demasiado, y comenzamos a levantarnos y a armar un poco de jaleo. Para ser el primer día de clase y sin nada que hacer, había mucho silencio. Don Carlos también debió de darse cuenta, ya que enseguida apareció dándonos las mismas instrucciones del año anterior.

—Bien, como ya sabéis, empezamos sexto de Primaria. Esto es como un tren en el que subimos todos y sólo quien quiera bajará a medio trayecto y se quedará atrás. Hasta ahora todos vamos en él . Y nunca le daré una velocidad que vosotros no podáis seguir o que os maree.

—¿Esto es un tren? —preguntó Estrella.

Todos soltamos una gran carcajada. Que una novata, que acababa de llegar, ya se atreviese a hacer burla al profe, nos pareció estupendo.

6
MAÑANA HAY QUE TRAER UN JAMÓN SIN FALTA

Enseguida supimos que Estrella tenía un año más que nosotros, que ya era la segunda vez que hacía sexto y que tenía un hermano de ocho años y una hermana de trece. Desde aquellos primeros días de clase, notábamos algo que la diferenciaba un poco de las demás chicas. Y no porque no supiese bien la tabla de multiplicar, Antón también falla, o porque no acertase con el futuro del verbo soñar, con el que nos equivocábamos casi todos al comienzo del curso, sino porque tuvimos ocasión de comprobar que, de verdad, se creía todo lo que le decíamos aunque fueran las mentiras más tontas que existan.

Blas fue el primero en atreverse a comprobar si la madre de Estrella exageraba o decía la verdad. Una vez, al final de la clase se le acercó y le dijo muy serio:

—Estrella, no olvides que mañana hay que

traer un jamón sin falta. Todos los años lo tenemos que hacer. Es para un experimento.

—¿Sí? ¿Un jamón? —sonrió Estrella, extrañada.

—Claro, hay que dárselo al profe, si no, no pasamos al curso siguiente.

—Mis amigas del cole de antes pasaron.

—¿Y tú?

—Yo no.

—Pues claro, seguro que no llevaste el jamón.

Al día siguiente, Estrella apareció en el colegio y enseguida fuimos a preguntarle:

—¿Has traído el jamón?

—Sí, algo sí.

—¿Algo sí? ¿Y dónde lo tienes?

—En la mochila.

Lo cierto es que no las teníamos todas con nosotros. Nos parecía que a lo mejor se estaba burlando de todo el mundo.

Cuando entró el profe, se le acercó con un paquete envuelto en papel de aluminio, y ante el asombro general, empezó a abrirlo.

—Profe, no he podido traer más que unas lonchas de jamón. Nosotros no criamos cerdos.

Don Carlos se sonrojó y luego se fue poniendo poco a poco más colorado, como si su cara fueran los hierros de una parrilla sobre brasas.

—Estrella, llévatelo, bonita.

—Pero, ¿no íbamos a hacer un experimento?

—¿Experimento? ¡Yo no he mandado ningún experimento! —el profe ya se estaba dirigiendo a nosotros—. Esto es una broma de algún simpático de la clase.

Iria rabiaba por contar que fue por culpa de Blas, pero no la dejamos; nos pusimos a mirarla sin pestañear y sin soltar el aire hasta que notamos que no se atrevería. Aun así, don Carlos, que a veces parece brujo, como si supiese leer en nuestras miradas, cuando sonó el timbre para el recreo, nos dijo:

—Que salgan las chicas. Vosotros esperad un momento.

Hacía mucho tiempo que no lo veíamos tan enfadado. Nos reprendió mucho y luego se quedó con Blas un poco más. Cuando salió corrimos hacia él, pero no nos quiso contar lo que hablaron; sólo sabemos que Blas nunca más se metió con Estrella.

7

¿Por qué no tienes alas? Eres Ángel

Tardamos bastante en conocer bien a Estrella. Al principio no sabíamos si nos estaba tomando el pelo a todos o no, y aquello nos tenía muy intrigados. Por eso, nosotros también la estábamos probando. Nos preguntaba nuestros nombres y los repetía aunque fuera cien veces, luego igual se quedaba un buen rato callada y continuaba de pronto:

—¿Por qué te llaman Martín?

—Porque aún soy pequeño. En cuanto crezca, al que no me llame Marto, no lo conozco.

Ella se echó a reír. Significaba que entendía la broma. Eso era lo que nos hacía desconfiar de si no nos estaría vacilando con todo el morro.

Cuando le preguntó a Ángel, la juerga que se armó fue aún más grande.

—¿Por qué no tienes alas? Eres ángel.

—Porque soy un despistado y las perdí hace unos días.

—¿Eran grandes?

—No... más bien pequeñitas.

—¿Como alas de mosca?

—Más o menos. Sí..., como alas de mosca.

Y apareció al día siguiente con una mosca dentro de un bote y nos dijo:

—¡Mirad! Alas de mosca para Ángel —y dirigiéndose a él—: Aquí hay una mosca. Te la regalo. Si quieres, quítale las alas. Son para ti.

Ángel ya no sabía qué decirle y le contó que sí, que las tenía, pero que se las dejaba en casa cuando venía a la escuela. Y desde entonces, al llegar a clase (y menos mal que venía en otro autobús) siempre le preguntaba lo mismo.

—¿Cuándo traes las alas, Ángel? Quiero verte volar.

—Verás, es... es que les tengo que poner gasolina y no tengo dinero.

Estrella se quedó un rato pensativa y enseguida metió la mano en un bolsillo de su mochila.

—Toma.

Y fue y le dio el dinero que traía para comprar sus golosinas.

Ahí fue cuando ya empezamos a pensar que Estrella, en realidad, era alguien especial.

Una vez que Ángel se quedó el dinero, se armó un lío tremendo. Hasta lo llevaron al

Consejo Escolar. Era un caso grave. De esa se libró por poco. A punto estuvieron de expulsarlo dos días o más del colegio. El que no se libró fue Antón. Su broma había sido muy gorda. Desde hacía varios días, Estrella se quejaba de que su lápiz había aparecido roto. Nadie le hacía mucho caso, ni siquiera don Carlos, quien desde la primera vez pensó que era cuento. Pero sucedió que un día, cuando entrábamos del recreo, apestaba a pis. La mochila de Estrella estaba posada sobre un charco sospechoso. Muchos pensamos que se había meado y nos echamos a reír como tontos. Don Carlos, haciendo de detective, terminó

por descubrir que había sido Antón quien había orinado en la cartera. No era difícil adivinar la que se le venía a Antón encima; también él le había roto a Estrella el lápiz. El profesor nos habló de la palabra Ética y de cosas en las que no habíamos pensado. Al final, muchos nos sentimos mal. Teníamos vergüenza por habernos reído. La cara de Antón, que se le puso blanca, nos parecía la del mismísimo demonio. Se armó una tan gorda, que algunos nos hicimos los enfermos durante días para no aguantar el enfado del profe.

8

¡ESTRELLA, NO SEAS PLASTA!

Cuando, unos días después, Antón volvió a clase, creímos que se vengaría de Estrella, pero no. Nunca más le hizo guarradas.

En los recreos, las chicas sólo andaban con Estrella cuando lo pedía el profesor y aun así, en cuanto don Carlos se daba la vuelta, la dejaban sola y ella venía a arrimarse a nosotros.

—¡Estrella, no seas plasta! —le decíamos—. Queremos jugar al balón y tú no sabes.

—Pues enseñadme.

—Otro día, venga, ve a mirar si llueve en la parte de atrás del colegio, corre.

Y Estrella iba a mirar. Cuando regresaba ya no había nadie. Nunca le parecía mal que la echáramos. Es verdad que estaba un poco gorda para jugar al balón. Ahora ha adelgazado mucho. Aun así, el deporte no es lo suyo.

Don Carlos habló con su madre para que no le diese tantas golosinas ni dinero para comprárselas.

—Mire, es mejor que traiga una pieza de fruta que esas porquerías..., ya sabe.

—Claro que lo sé, pero verá usted.

Fue entonces cuando Catalina, que estaba castigada en el cuarto de tutoría, que tenía un cristal roto, escuchó toda la conversación. Se lo contó a Iria, y después de pasar el recreo, ya lo sabíamos el resto de la clase.

—Ya sé por qué sacaron a Estrella del otro colegio.

—¿Por qué?

Si le daban una bolsa de patatas fritas o de cualquier cosa así, ella se levantaba el jersey o la falda si se lo pedían. Por eso, la madre, para que no lo hiciera, la mandaba a la escuela con montones de golosinas.

—Si le hacen eso a mi hermana, les suelto un buen tortazo —dijo Alberto, convencido.

—A mí me castigarían si hiciese eso.

—Tú no tienes nada que enseñar.

—¡Imbécil!

—¿Aún no os habéis dado cuenta de que a Estrella no se le puede reñir?

—Dice la madre que un día, sin siquiera gritarle, sólo le dijo: «has estropeado la blusa,

Estrella»; ella se asustó y fue a esconderse. Se volvieron locos antes de encontrarla, llena de heridas, metida en la leñera. ¿No os acordáis de lo que nos dijo don Carlos, en lo primeros días del curso, aprovechando que ella estaba en la clase de apoyo?

—¿Que se lo cree todo? ¿Que no entiende que existan las mentiras?

—Claro, eso mismo.

—Pues tenemos que enseñarle a decirlas. Yo soy un experto —dijo Antón, que siempre inventaba disculpas por no saberse la tabla.

—También podríamos aprender nosotros a decir siempre la verdad.

—No puede ser. Todo el mundo aprende a mentir alguna vez. Es más sencillo enseñar a Estrella a mentir que al resto de los habitantes de la tierra a decir siempre la verdad.

—Además, las mentiras... a veces son divertidas y también pueden servir para hacer menos desgraciada a una persona.

—No entiendo.

—Si ves a un señor que tiene una nariz enorme y fea y le dices que la tiene muy bonita, por ejemplo, puedes hacerlo feliz.

—Pues a mí me parece una crueldad, una burla. Total, al mirarse al espejo... Es mejor callarse.

—Vaya, pues será que no he puesto el ejemplo acertado, pero sé que tengo razón. Mentir no siempre es malo.

—Estás pirado.

9
PENSAMOS QUE YA ESTABA APRENDIENDO A MENTIR

Decidimos que no estaría mal enseñar a Estrella a decir algunas mentiras. Blas y Antón, los mayores embusteros de la clase, fueron sus profesores particulares. Y aunque las mentiras de Estrella eran muy fáciles de descubrir, iba haciendo grandes progresos.

—¿Ya habéis llegado todos? —decía el profe antes de comenzar con las tareas del día.

—Yo aún no he llegado, profe —contestaba, feliz, Estrella.

A veces, decía de pronto:

—Yo no soy Estrella, soy Catalina.

Y si la mirabas sin reírte y le preguntabas: ¿seguro?, ya no era capaz de seguir con la broma.

—No... Es de mentira. Sí que soy Estrella.

Poco a poco, incluso sin darnos cuenta, fuimos acostumbrándonos a las reacciones de Estrella y ella también iba adaptándose a nosotros. Lo que no podíamos evitar era reírnos con algunas de las cosas que decía. Era muy simpática y siempre soltaba algo divertido que nos hacía desternillarnos de risa. Llegó a contarnos algunos de sus secretos.

—Yo subo muchas veces al tejado de mi casa. Allí no me encuentran nunca. Piensan que no puedo subir porque estoy gorda, pero subo siempre. Y veo la luna aunque sea de día. Parece un plato dorado. También veo pasar el tren y veo las casas de la otra orilla del río, que están lejos, por encima de los árboles.

—Eso no es cierto, Estrella.

Pensamos que ya estaba aprendiendo a mentir. Se enfadó mucho y terminamos por seguirle la corriente.

—¿Y por dónde subes?

—Por una escalera para subir que está guardada en la bodega. Algunos días se la dejan en la terraza de atrás y entonces subo al tejado.

—¿Y qué haces en el tejado? ¿Juegas con el gato?

Estrella se echó a reír de manera exagerada y dijo:

—No tengo gato ¡Eso es una mentira! Juego con el aire... Le cuento cosas...

—¿Y cómo sabes que el aire está encima de tu tejado?

—¡Bah! ¡Porque respiro, tontos! Y además me acaricia la cara así... así...

Todos esos gestos, como si fuese una niña pequeña, nos hacían gracia y le tirábamos de la lengua a propósito para que soltase alguna bobada.

Don Carlos también se reía, que bien lo conocíamos, y luego nos echaba un sermón por meternos con ella.

Y era que, de verdad, las cosas que inventaba nos hacían mucha gracia. Estrella también se reía si nos veía reír a nosotros.

Después de saber lo que escuchó Catalina junto a la tutoría, Estrella volvió del recreo con una bolsa de caramelos.

—¡Mirad!

—¿Quién te la ha dado?

—Un chico de esa clase —señaló a la clase de los del B—. Me pidió que me levantara el jersey para mirar y me los dio.

—Estrella, ¡no puedes hacer eso! —le dijo Alba.

Toda la clase nos unimos para defenderla. Don Carlos todavía no había llegado. Pensamos darle una paliza al chico a la salida, pero era difícil porque salía pitando hacia el autobús. Al fin lo pillamos y empezó a llorar y a temblar.

—Yo sólo quería mirar y al final no vi nada. No sé por qué lo hice.

Enseguida supimos que había habido algún chico más que había hecho lo mismo y que Iria andaba por medio al no haberse callado ciertas cosas. Todo eso fue en aquellos días del comienzo de curso, antes de conocerla bien. Nunca más pasaron cosas de ésas.

Llegamos a acostumbrarnos tanto a ella que, si algún día no venía a clase, notábamos bastante su falta. Entre otras cosas, porque así don Carlos no estaba tan pendiente de nosotros. Siempre surgía algo raro para entretenernos. Y eso que, a veces, resultaba un poco cargante, exigía estar siempre trabajando. Si don Carlos estaba ocupado con alguna tarea y Estrella no tenía trabajo, insistía:

—Profe, ¿y yo qué hago? Mira que no estoy haciendo nada. ¿Qué hago, profe?

Y así, sin parar, hasta que la atendía. Si tardaba un poco más de la cuenta en hacerle caso, comenzaban a resbalarle por las mejillas unas lágrimas tan gordas que semejaban una amenaza de inundación. Eso, el profe no podía soportarlo y, a veces, perdía la paciencia.

—¿Quieres esperar un poco, que no puedo atender a todos al mismo tiempo?

10

COMENZÓ A ECHAR ESPUMA POR LA BOCA

Una vez, en vísperas de Navidad, don Carlos andaba muy atareado preparando unas cartulinas. Quería darnos las plantillas para hacer figuras. Todas las clases estaban adornadas ya, menos la nuestra. Y para complicarlo más, el profesor acababa de pasar una gripe y aún no se encontraba bien. Tenía unas ojeras que parecía que se restregara los ojos con ceniza. Tosía y, a pesar de tener la calefacción a toda máquina, no se quitó el chaquetón. Recuerdo que Catalina dijo:

—Don Carlos tiene todos los síntomas de tener fiebre. Seguro que hoy viene porque no quiere que nuestra clase se quede sin adornar.

Era verdad; en los días que faltó, cada hora aparecía por la puerta algún profesor diferente y siempre nos mandaba hacer los ejercicios de una página de algún libro. Las demás clases y los pasillos ya olían a Navidad y nosotros estábamos muy fastidiados. Por eso, cuando vimos aparecer por la puerta a don Carlos, nos sentimos como salvados de un naufragio.

—Profe, dame, que yo ya puedo recortar. —insistía Estrella continuamente.

—Aguarda un poco. Quiero tener suficientes para daros a todos.

—Pero yo ya tengo aquí unas tijeras, profe. ¿Cojo una?

—¡Espera, Estrella, no he terminado!

El profe levantó un poco al voz y Estrella debió de asustarse tanto que, al verle aquellas ojeras tan oscuras, sufrió una especie de transformación. Empezó a respirar deprisa y a chillar como nunca lo había hecho. Parecía un cochinillo al que quisiesen meter a la fuerza dentro de un saco para llevar a la feria. Comenzó a echar espuma por la boca y todos nos asustamos mucho. También don Carlos, que bien se le notaba. Entonces nadie se rió. La cogió con cuidado, en brazos y nos dijo:

—Venga, haced un dibujo relacionado con la Navidad.

—¿Como si fuera una postal? —interrumpió Iria.

El profe no contestó. Sólo le echó una mirada mágica que la hizo callar de una vez. Todos entendimos que lo que pretendía don Carlos era tenernos entretenidos para poder atender a Estrella; lo que ocurre es que Iria no puede evitar meter siempre la pata.

Mientras hacíamos como que garabateábamos en el papel (en realidad, estábamos atentos a ver qué pasaba con el ataque de Estrella), el profesor trataba de tranquilizarla.

De pronto, como si todos los apuros de don Carlos no tuviesen que ver con ella, Estrella le preguntó:

—¿Recorto ya, profe?

Don Carlos respiró hondo, cerró los ojos y se echó a reír, y le dijo que sí. A nosotros también nos dio risa y hasta resoplamos tras haber aguantado la respiración.

11

Rodrigo le da la caja abierta y Estrella le sonríe

En los cumpleaños, siempre llevamos caramelos o algo a clase; menos Olalla. Sus padres están divorciados y tienen menos dinero que antes.

Cinco minutos antes del recreo, don Carlos siempre da permiso para repartir los caramelos y para cantar la canción de cumpleaños.

Cuando Catalina cumplió once años trajo un huevo sorpresa para cada uno y un regalo para don Carlos.

—¿Te lo abro yo, profe? —empezó Estrella a insistir.

—No, tú tienes dentro de ese huevo un bonito regalo.

Estrella se puso a comer el chocolate de fuera y luego no era capaz de abrir la bola amarilla que trae dentro. Todo el mundo estaba ya armando su muñeco y ella aún no había abierto la caja. Tenía muy poca fuerza en las manos y empezaba a poner una cara un poco rara. Entonces se ofreció Rodrigo:

—¿Te la abro yo?

—Pero no mires lo que hay dentro, ¿eh? Primero tengo que mirar yo.

Rodrigo le dio la caja abierta y Estrella le sonrió. Se puso a armar aquellas piezas, pero no sabía por dónde empezar. Le daba vueltas, miraba a todos de reojo...

—Es que el tuyo no sirve —le dijo Alba por gastarle una broma.

Esto fue suficiente para que comenzase a montar un escándalo en clase que puso nervioso a don Carlos.

Antes de que fuera a más, Rodrigo lo cogió todo y se dispuso a armar el coche de los Picapiedra que le había tocado en suerte. Cualquiera de nosotros lo habría hecho de buena gana. Es lo que más nos gusta hacer, después ya no lo queremos para nada. Es una insignificancia de niños pequeños.

Cuando estábamos en quinto, en el día del aniversario de cualquiera de nosotros, don Carlos nos gastaba bromas de todo tipo. Por ejemplo, cuando Leila cumplió once años, el muy fresco le dijo que le iba a tirar diez veces de las orejas, de la nariz, del pelo, que se moviese e hiciese como si le doliera muchísimo.

Y nosotros picamos como tontos. Reíamos como locos, pero al ver que Leila se quejaba cada vez más cuando le apretó el dedo meñique, «tanto» que hasta se puso morado de hacer fuerza, pensamos que se estaba pasando y dejamos de reírnos.

Nos parecía que no era el don Carlos de siempre. Entonces fue cuando los dos reventaron de risa.

Tuvimos que renunciar a ese tipo de bromas. Supongo que, si Estrella presenciara una situación semejante, se subiría por las paredes. Enloquecería.

12

¿Sabes que los muñecos del cuarto, por la noche, cobran vida?

Una cosa buena que siempre tuvo Estrella es que le gustaba participar en todo. Esto era, a veces, un fastidio para los demás: los juegos llevaban mucho más tiempo.

El problema más grande que tenía, ya lo sabe todo el mundo, es que seguía creyendo lo que le decían sin distinguir cuando era mentira o cuando era broma, por eso algunas veces las cosas terminaban mal.

Y de verdad que no lo hacíamos con mala idea, era sólo por divertirnos un poco. Aunque algunas veces...

—Estrella, ¿y tú tienes miedo? —le preguntó el tonto de Antón.

—Ahora no. Si estoy sola en el bajo de mi casa, sí. Hay ruidos extraños. Escucho cómo las gotas de agua hacen ruido en el suelo. No quiero que llueva.

—Yo, para no tener miedo, duermo con una

muñeca —dijo Catalina con la intención de tirarle de la lengua.

—No quiero muñecos en la cama. De noche se caen al suelo, hacen ¡pum! y me asustan —aclaró Estrella, muy seria.

Catalina debía de tener ganas de charla y siguió diciendo tonterías.

—¿Sabes que los muñecos del cuarto, por la noche, cobran vida? Se convierten en seres malditos, con cuernos enormes y rabos larguísimos, como los del demonio.

—Y chupan la sangre de las personas que están dormidas hasta que las dejan secas por dentro como si fuesen hojas de roble. Luego, con ellas, se hacen marcadores para libros que cuestan muy baratos —inventó Ángel.

Estrella se calló un momento, algo raro en ella, ya que una de las cosas que más le gusta hacer en este mundo es hablar y hablar hasta que se queda afónica. De pronto, cuando ya todos habíamos olvidado aquellas boberías del miedo, dijo:

—Yo tengo miedo a que me vengan muchas ganas de hacer pis cuando voy de excursión. En el otro colegio de antes fuimos a ver un sitio donde hacen la luz para las lámparas. Había muchísima agua que se movía. Yo quería hacer pis y la profesora gritaba mucho. Era mala. Don Carlos es bueno.

—¿Y te measte encima? —Antón siempre hacía preguntas tontas.

—Sí..., me gritó más, y me dolían las piernas al andar. Mi madre me puso crema al llegar a casa.

Estrella era tan... tan especial que hablaba, como si nada, de cosas que a todos los demás nos daría vergüenza contar a nadie, y más en público. Para ella, nosotros éramos los mejores amigos y las mejores amigas del mundo. También habló del miedo a la noche en el tejado, a la lluvia fuerte... Y sin más, como acostumbraba hacer a menudo, exclamó:

—Yo he besado una estatua de piedra en la boca. Estaba fría. No tuve ningún miedo.

Y no pudimos evitar volver a reír. Estrella es así.

13

TEMBLABA Y TENÍA UN REGUERO DE PIS EN EL SUELO

Cuando toda la clase había olvidado aquella conversación del miedo, y habían pasado cuando menos tres días, la madre de Estrella estaba esperando a que saliésemos, al mediodía, para hablar con don Carlos. Se notaba que estaba muy enfadada. Cuando pasamos a su lado no nos sonrió como hacía en otras ocasiones.

—Le ruego que averigüe quiénes fueron los desalmados que le metieron miedo a Estrella. Lleva varias noches teniendo pesadillas. Nunca antes le había sucedido tal cosa. La despierto y sigue asustada mirando la cara de sus muñecos como si fuesen los más terribles monstruos. La otra noche hasta vino a verla el médico para calmarla. Terminé por vaciarle el cuarto, quité cuanto peluche había allí. Yo conozco a Estrella, y sé que eso tiene que ser porque alguien le ha metido miedo.

—No se preocupe. Acabaré por saber si esto tiene que ver con la clase —aseguró don Carlos, muy contrariado.

Nosotros, y sobre todo Catalina, estábamos temblando cuando nos dimos cuenta del lío que habíamos armado. A veces nos olvidábamos de que Estrella podía asustarse y de que cualquiera de nosotros nos podíamos convertir en *Metepata*. No teníamos claro si eso era una falta grave o leve.

Al entrar por la tarde, el profe nos echó un sermón tremendo. Todos empezamos a mirar hacia Catalina y ella se puso nerviosa. Le dio por pintarse las uñas con lápiz y, cuando hace eso, ya sabemos que está metida en un apuro. A buen seguro que don Carlos sabía de sobra quién era el culpable, pero siguió dirigiéndose a la clase entera y terminó diciendo:

—¿Veis estas varas que tengo aquí? Son más de quince y aún he de estrenarlas con alguno de vosotros. Muchos ¡y muchas! mereceríais una buena paliza.

Don Carlos nunca nos había pegado a ninguno, por eso sabíamos que mentía, pero tampoco nunca lo habíamos visto tan cabreado. El caso fue que, pendientes de la cara que ponía Catalina, nadie se fijó en que Estrella estaba asustadísima. Temblaba y tenía un reguero

de pis en el suelo. Cuando sentimos un sollozo, miramos todos a la vez y luego clavamos los ojos en el profe para ver cómo reaccionaba. Esta vez nos parecía que él era el culpable. Delante de Estrella no se podían decir ciertas cosas. Ella no recordaba que habíamos llevado las varas para cercar el trocito de jardín que nos tocaba cuidar en el patio. Luego, tardó más de un cuarto de hora en convencerla de que lo de pegar con varas era mentira y que además no iba por ella. Catalina le regaló a Estrella un rotulador fluorescente y se sintió mejor.

14

Su mayor problema es su gran corazón

Cuando los padres de Estrella hablaban con don Carlos, ella nunca estaba delante, se ponía muy nerviosa y eso la perjudicaba. Podían darle esos ataques asquerosos de echar espuma por la boca. Al principio venían a hablar durante las horas de clase, pero el profe no quería dejarnos solos mucho tiempo. Ya nos conoce, sabe que podemos terminar en una guerra de tizas. Les pidió que procurasen venir en otro momento.

En la última conversación que pudimos escuchar, los padres estaban muy preocupados por su futuro.

—No tenemos nada claro qué hacer al final de este curso. Llevarla a un instituto de ESO, con sus limitaciones, puede ser terrible —se lamentaba su madre.

—Queríamos saber si usted nos puede orientar un poco —pidió su padre.

Don Carlos, que parecía que estaba como en un examen en el que no sabía las respuestas, dijo:

—Ella... ¿qué preferencias tiene?

—¿Ella? Polifacética —comentó su padre, con una voz que no parecía querer hacer chistes.

Nosotros, que no teníamos muy claro el significado de la palabrita, nos quedamos callados sin rechistar para ver si lo aclaraban un poco.

—La muy ingenua piensa, los lunes, que va a ser abogada, los martes, peluquera, los miércoles, cantante, y los jueves, cocinera —se sonrió su padre.

—Y los viernes, sábados y domingos dice que va a descansar —suspiró su madre.

—Su mayor problema es su gran corazón y su exagerada inocencia.

Algunos nos tomamos al pie de la letra aquello del corazón grande de Estrella, y nos quedamos pensando en esa posibilidad.

—A lo mejor el problema es que le hicieron un transplante y puede ser que se lo pusieran de una persona muy mayor —decía Iria— y no le quepa en el pecho

—¡No digas burradas! —gritó Catalina—. El corazón casi no crece.

Lo de la *inocencia* se lo sabía Olalla. Dijo que significaba *estado de inocencia* o también *estado del alma limpia de culpa*. Benito no se fiaba y buscó en su diccionario. Ángel y Ventín hicieron lo mismo. Enseguida se armó una discusión:

—Es *candor*, *sencillez*.

—¡Mentira! Es *excreción de culpa en un delito*.

—¡Excreción es una porquería! Se hace en los aseos.

—No he dicho excreción sino exención.

Algunos nos pusimos a buscar como locos palabras en el diccionario. Fue Ventín el primero en descubrir que allí existían otras cosas que el profe nunca nos había pedido que buscásemos.

En esto sonó el timbre y salimos como cohetes. Ese día ni siquiera esperamos a que don Carlos nos diese la orden. Suponíamos que don Carlos y la madre de Estrella aprovecharían para seguir hablando.

15
El profe se dio cuenta de que se estaba escandalizando

Justo aquella tarde, el profe decidió inventarse un coloquio sobre lo que nos gustaría hacer en el futuro. Todos empezamos a decirle lo que queríamos ser de mayores. Estrella también levantó la mano y, cuando le tocó hablar a ella, contestó a lo loco como si estuviese pensando en otra cosa:

—A mí me gusta subir al tejado.

Todos estallamos en una carcajada. Nos pareció un chiste de risa. Y el profe, que debía de estar un poco cansado, se puso bastante histérico.

—¿Seréis bobos? ¿De qué diablos os reís? Vamos a ver, ¿hay alguien aquí que no haya deseado alguna vez estar encima de un tejado?

Nos callamos. Comenzamos a pensar que, de verdad, podría ser estupendo subirse a un tejado de los más altos y mirar todo desde arriba. El profe nos echó una mirada muy seria y le preguntó a Estrella:

—Dinos, ¿por qué te gusta subir al tejado?

Estrella se sujetó la barbilla con las manos al mismo tiempo que apoyaba los codos en su mesa. Parecía como si ya estuviera sentada en las tejas, hasta cerraba los ojos de vez en cuando. Y empezó a hablar, a hablar...

—Porque me gusta hablar con el viento, preguntarle de dónde viene, qué cosas vio... Me gusta ver las gaviotas volando alrededor del campanario de la iglesia... También me gusta mirar las casas, que desde arriba son pequeñitas, tienen tejado, antenas muy pequeñas que son de televisión... Desde el tejado sé lo que tiene para comer la señora Juana. El humo de su chimenea llega hasta mi nariz y huele a tortilla de patatas o a carne guisada... Desde mi tejado se ven señores encima de otros tejados. Los están arreglando. Y hay un pajarito que se posa en el alambre de la luz y está allí arriba cerca de mí. Sería estupendo tener alas. Ángel tiene alas de mosca. También hay un perro que corre, que husmea la hierba y después mea, y señoras que cortan la hierba meada y hacen fuego y huele mal. Pasa una nube negra que tapa la iglesia y no deja ver las ventanas de las casas. Cuando se va el humo, desde mi tejado veo un trozo de río. A veces pasan piraguas y levantan los remos, y le dan,

¡chas!, ¡chas!, todos a la vez... Eso es bonito. Los árboles se llenan de hojas y veo un trozo de río muy pequeño. El tejado de la iglesia está más abajo, cerca del río. También veo el suelo. El domingo había muchos invitados y una novia con vestido blanco. Y se besaron y después hubo aplausos. Noa tiene novio y se besan junto al río. También se abrazan. Noa me da gusanitos y me dice que no se lo cuente a papá ni a mamá, pero no se pueden decir mentiras grandes. Yo también...

Cuando contó aquello de los besos de su hermana Noa, que está en segundo de ESO, empezamos a mirarnos de reojo unos a otros y a taparnos la boca para que don Carlos no nos viera reír. La tonta de Iria *Metepata* sacudía las manos y abría tanto los ojos, que el profe se dio cuenta de que se estaba escandalizando. Pronto pasamos a otra cosa.

16

ÍBAMOS CANTANDO UNA CANCIÓN UN POCO SUCIA

No hace demasiado tiempo, hicimos una salida al monte de Acibal. El profe, a las excursiones en autobús, las llama salidas. Llevamos un bocadillo y paramos junto a una fuente para que quien tuviese sed bebiera un poco. Todos teníamos. En la misma acera había una tienda y nos dio permiso para entrar. Estrella compró una cesta pequeña de paja; dijo que era para que su madre guardase el chocolate y lo pusiese encima de la mesa, como la fruta.

—En la alacena está muy alto y no lo puedo coger.

Luego, don Carlos nos gritó. No acabábamos de salir de la tienda. Todos queríamos comprar muchas cosas. A la señora de la tienda se le agotaron todos los helados que tenía. Algunos ya ni pudimos escoger.

—Parad ya. Para vosotros, ir de viaje es comprar lo que sea y chupar helados. Vamos o se nos va la mañana.

Seguimos caminando. Ese monte queda bastante alejado del colegio. Íbamos cantando una canción sucia.

La moza de Antón Budiño
tiene nariz de gigante,
con mocos muy amarillos
que brillan como diamantes.

Límpiale los mocos, Antón,
y vigílale los orines,
que tu moza es meona
lo saben hasta los pajarines.

La moza de Antón Budiño
es amiga de echar pedos;
cuando pasa su moza,
huele a la cuadra de cerdos.

El día que Antón termine
de airear el cuarto entero,
habrán pasado más años
que abejas tiene el abejero.

Si te casas, Antoniño,
con una mujer tan guarra,
mocos, orines y pedos
te darán mucha tabarra.

Y así seguimos hasta decir todos los nombres de clase. Y el del profe también.

De vez en cuando, Estrella se quedaba atrás con la cara bastante colorada. Sudaba; todos llevábamos el jersey atado a la cintura excepto ella, que lo llevaba puesto.

—Estrella, vamos, venga. Ánimo, que ya falta poco. ¿No tienes calor? —le preguntó el profe.

—Sí...

—¡Pues quítate ese jersey, mujer!

—Es que, si no, me quedo atrás.

—De eso nada, que te esperamos. Venga, Catalina, ayúdala a quitarse el jersey a Estrella, que se nos va a deshidratar.

Al fin llegamos al monte y automáticamente se nos pasó el cansancio de la caminata. Todo el mundo quería correr y jugar al balón con las piñas, pero el profe nos mandó sentar un poco y nos explicó cosas de los árboles que había allí. Dijo algo de los eucaliptos. Eran una especie de vampiros que chupaban el agua de la tierra y la volvían desértica; por eso crecían tan deprisa. Luego, junto a un pino, hablamos de la procesionaria y, justo en ese momento, Santiago dijo:

—Son esos gusanos, ¿no, profe?

—¡No los toques! —gritó don Carlos.

Santiago ya había puesto al final a los que iban primeros en la fila. Tuvo que ir corriendo a lavarse las manos en un arroyo, y ya tenía unas ronchas raras en las piernas. Iria se metía con él diciéndole que se iba a morir, pero enseguida lo dejamos. Justo delante de nosotros cayó una cría de mirlo. Ya era bastante grande y tenía un ala lastimada. Abría mucho la boca. Todos fuimos acercándonos para cogerla.

—¡Ey, quietos! No os acerquéis, que puede tener la tiña —gritó Ventín, que es el que más sabe de pájaros.

17
El mirlo quería escapar de su mano

Todos, chicos y chicas, nos pusimos alrededor del mirlo herido. Ninguno se atrevía a cogerlo. El profesor se fue acercando hablándole con voz suave. Cuando lo tocó quiso volar, pero no pudo.

—Tiene un ala partida, don Carlos —volvió a insistir Ventín.

—Calla, ornitólogo —le pidió bajito el profesor—, que lo vamos a asustar.

El mirlo quería escapar de su mano, pero no sabía volar. Abría constantemente la boca. Don Carlos nos echó una mirada, como si fuese a preguntarnos algo que acababa de explicar y estuviese escogiendo la víctima. Al fin se dirigió a Iria.

—Venga, Iria, para eso eres la más saltarina en las clases de gimnasia. Demuestra que eres capaz de subir al pino y meter esta cría en el nido.

Primero, don Carlos metió la cría en una bolsa de tela y se la colgó a Iria en la espalda, para que no la aplastase con su propio cuerpo mientras subía por el árbol.

Todos estábamos muy atentos, como si Iria estuviese haciendo un ejercicio de circo. Lo que pasaba era que gritábamos mucho.

—¡Venga, Iria!

—¡Ya casi has llegado!

—¡Está ahí! ¡Está ahí!

Iria hizo de *Spiderwoman*. Debe de ser porque está muy delgada. Como llevaba un chándal negro parecía una cucaracha escapándose del suelo, o mejor, un ciervo volante, de esos que viven en los robles. Se acercó al nido y todos nos quedamos callados.

Justo en ese silencio fue cuando nos dimos cuenta de que a nuestro alrededor revoloteaba una pareja de mirlos grandes. Piaban como locos, pero no se iban. Pasaban a ras de nuestras cabezas, como si fuesen aviones de guerra que quisieran decapitarnos. No escapaban, aunque parecían asustados. Empezó de nuevo el barullo.

—Seguro que son los padres de la cría y tratan de distraernos para que nos apartemos del nido —aseguró el profesor.

—Pero nosotros no le vamos a hacer nada malo, estamos ayudando —comentó Leila, que casi siempre está bastante callada.

—Claro —dijo Ventín, el ornitólogo—, pero los pájaros no entienden nuestro idioma.

—Pues que pongan una escuela para pájaros.

—O para personas que quieran entenderse con los pájaros.

—Ángel, con sus alas, podría ser un buen maestro.

—¡Quién lo viera paseándose por encima de nuestras cabezas!

—Y a lo mejor le daba por soltarnos excrementos de pájaro.

—¿Qué? Me compraría una escopeta de balines para...

Y ya empezamos a decir tonterías una detrás de otra.

18
Es posible que esta cría sea más débil que otras

Con esas bromas sobre la escuela de idiomas para pájaros, que no duraron ni medio minuto, no oíamos lo que nos decía Iria desde arriba, hasta que lanzó un grito gigante y nos callamos.

—¡Aquí hay dos crías más y el nido es muy pequeño! ¡No caben todas! ¿Qué hago?

Aún no había acabado de hablar y ya la cría caía de nuevo al suelo. Catalina y Olalla estaban jugando con un jersey que tenían extendido, con tan buena fortuna que el mirlo cayó encima.

—¿Qué hacemos, profe? —preguntó Iria mientras bajaba.

—¡Qué suba Ángel! —ordenó Estrella, que había pasado desapercibida durante todo aquel lío—. Ángel, ve a buscar las alas y sube.

Empezamos a reírnos como locos. Hasta don Carlos se reía. Al ver nuestra reacción, Estrella no se atrevió a insistir con lo de Ángel. A veces se daba cuenta de que decía cosas imposibles y se quedaba un poco callada o pasaba a otra cosa.

—Toma, Iria, sube otra vez, por favor. Aquí caben todas —pidió, alcanzándole su cesta nueva.

La mayoría pensamos que la idea de Estrella era estupenda, que no estaría mal poner la cesta en el lugar del nido. Al fin era de paja, sólo que más grande. Pero a don Carlos no le pareció tan buena idea y le pidió que guardase su cesta.

—Es posible que esta cría sea la más débil de las tres. Puede ser, incluso, que sus padres no puedan alimentar bien más que a dos. Es la ley de supervivencia, del más fuerte, del más inteligente. A buen seguro que esta cría tenga ya un retraso en el crecimiento con respecto a sus hermanos. Los animales son así, hacen su propia selección.

—¿Y qué le va a pasar? —preguntó Alba, preocupada como casi todos.

—¿Qué le va a pasar? —quiso aclarar Ventín, el sabihondo—. Pues que terminará siendo devorada por cualquier otro animal del monte que busque comida, o morirá antes de puro frío.

Discutíamos sobre las posibilidades de vida que le quedaban a la cría de mirlo, que descansaba, muy asustada, encima del jersey de Olalla. Así continuamos un buen rato.

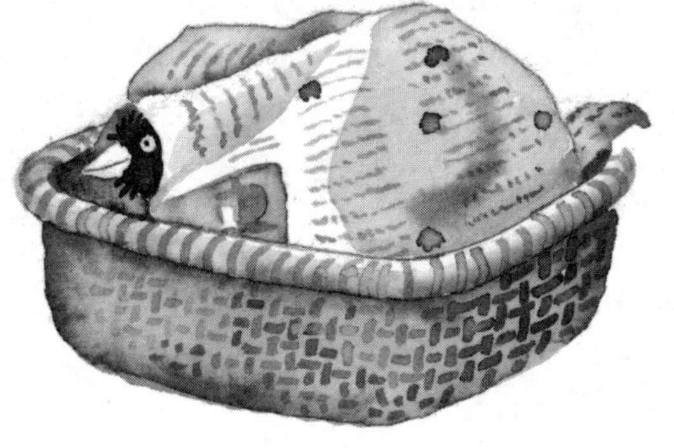

19
¡Estrella, vuelve aquí!

Nadie se dio cuenta de que, mientras hablábamos de la suerte que iba a correr el pajarito, Estrella se alejaba de nosotros y caminaba en sentido contrario al nuestro. Llevaba la cría en la mano apoyada contra su pecho. La apretaba tanto, que parecía que la lastimaba.

—Profe, Estrella se va —avisó Leila, que fue la primera en darse cuenta.

—¡Estrella, vuelve aquí! —le ordenó don Carlos.

Estrella no hacía caso, seguía andando. Se veía que aquello no iba en broma. Entonces, todos corrimos detrás de ella. El profe también. Enseguida la alcanzamos. Estrella nunca puede correr demasiado. Al acercarnos a donde estaba, se agachó apoyándose en un árbol con el pajarito en las manos y dijo una cosa que no hizo reír a nadie.

—Me quedo para cuidarlo. Yo también soy retrasada. Lo dijo la doctora Remedios, que yo bien se lo oí. Voy a clases de especial para que me venga la memoria y no puedo ir a una escuela que se llama ESO con mis amigos del año pasado. ¡Pero yo sé cuidar pajaritos! No quiero que se lo coman las fieras del monte.

Parecía un chiste simpático, pero seguíamos sin ganas de reír. No sabíamos qué decir, hasta que el profe le dijo:

—Estrella, ven. Llevaremos el pajarito con nosotros, dentro de tu cesta, y ya nos apañaremos para darle de comer. No te preocupes.

—Podemos preguntarle al padre de Marina, que es médico —propuso Ángel.

—También a mi padre, que es médico forense —presumió Catalina—, que es más.

—¡Tú eres tonta! —protestó Ventín—. Si es forense, anda con los muertos, y los muertos no comen. Habrá que preguntar a un veterinario.

—A lo mejor tenemos que ir todos a por lombrices, escarbando en la tierra húmeda.

—Mi padre tiene una azadilla para coger gusanos cuando va de pesca.

Estrella se puso tan contenta que quiso besarnos, y todos echamos a correr escapando de ella. Nos daba mucha vergüenza. Además, daba los besos con muchísimo ruido y se daba cuenta todo el mundo. Y si le decías que no te lo diera, le parecía mal.

Don Carlos puso el pájaro en el nuevo nido de Estrella, y lo tapó con un periódico que tenía unos agujeros para que le entrase aire y no muriese ahogado. Después nos mandó a todos a lavarnos las manos en el arroyo del monte. Nos salpicamos unos a otros. A las chicas también. Y nos reíamos muchísimo sin saber bien el motivo, sólo porque teníamos muchas ganas de reír.

De camino hacia el colegio volvimos a cantar aquello de «La moza de... tiene una nariz gigante...» metiéndonos con todo el mundo.

—¡Quién demonios os enseñará esas cosas para que vayáis tan sincronizados! —se sorprendía don Carlos.

Nadie le contestaba. No nos lo enseñaba nadie. Es que la escuchábamos a los mayores del cole cuando éramos pequeños.

Estrella iba feliz con su cesta y con el pajarito. A alguno nos daba envidia. También se reía mucho y cantaba trozos de nuestras divertidas canciones. De pronto corrió un poco delante de nosotros, se puso de frente y dijo:

—Mi abuela también... —y se quedó pensando.

Frenamos las risas de manera automática como si apagásemos la llave de la luz.

—Mi abuela no es una abuela —continuó Estrella— porque va a la peluquería. Toma el sol en bikini. No es vieja porque, a veces, lleva pantalones. Y la quiero mucho.

Mientras hablaba, todo el mundo aguantó la respiración y, al terminar Estrella, soltamos una carcajada tan grande que hasta contagiamos al profe. Empezó a reírse y se le escapaban bolitas de saliva hacia nosotros.

—¡Eh, profe, cuidado! —le dijo Iria.

A Estrella siempre le gustaba hablar y ese día, con el pajarito en su cesta, tenía más deseos de hablar que nunca.

20

¿TENGO MOCOS EN LA CARA?

Una vez, Estrella entró en clase y comenzó a repartir besos. La dejábamos para que no se ofendiese y empezase a echar espuma por la boca. Luego dijo otra vez.

—¿Amigos?

Y todos le dijimos que sí. Era verdad.

Don Carlos se puso a mirarla y Estrella le preguntó:

—¿Tengo mocos en la cara? —se lo habíamos enseñado a decir nosotros.

—No se dice así. Se dice: ¿Tengo monos en la cara? Y no, no los tienes; es que vas muy guapa con ese lazo azul —le contestó el profe.

—Lo he hecho yo —aseguró Estrella—. Mamá está enfadada porque se fue el autobús y ella me ha traído al colegio.

Antón, que no es demasiado listo, le preguntó al profesor el significado de los lazos azules que había en todos los rincones.

—El azul es el color del cielo —se veía que estaba pensando lo que tenía que decir—, que es inmenso, libre..., aunque el color... es lo de menos, lo importante es el significado que le demos nosotros de solidaridad, de unirnos ante los problemas para tratar de solucionarlos juntos...

—Pues usted a mí no me deja copiar de Martín —protestó Antón.

—¡Qué tonto eres! —exclamó de repente Olalla—. El profe se refiere a los problemas de la vida.

—Tú sí que dices tonterías —se ofendió Antón—. Los problemas siempre son de la vida. Los muertos no tienen problemas.

—¿Tú qué sabes si nunca has hablado con ellos?

—¿Y tú qué sabes si he hablado?

Aquello se estaba convirtiendo en una batalla de palabras tontas. El profesor cortó. Sacó el tema de los secuestros y empezamos a hablar de eso. Alguien recordó que había un señor que estuvo secuestrado cerca de dos años en un sitio muy pequeño y oscuro, en el que era casi imposible no enloquecer.

—En un zulo —dijo Ventín, quien a veces presumía tanto de saber cosas que hasta le habíamos cogido algo de antipatía.

—Así ya puede entrar en el libro de las mejores marcas. En la televisión decían que era el secuestro más largo de la historia.

—No digas simplezas, Iria. Nadie que pasa por eso está pensando en esas cosas.

—Tanto tiempo en la oscuridad, después no ven ¿A qué no?

—Y si no tienen *water* ni cama, tienen que dormir encima de...

—De la caca.

—¡Guarra!

—Es cierto.

—Algunas personas secuestradas aprovechan para estudiar una carrera. Había uno, que le llamaban *El Lute,* que se hizo abogado y después, cuando lo soltaron, como ya no era ladrón, lo llamaban Eleuterio. Me lo contó mi padre.

—¡Qué burro eres! Ése no estaba secuestrado, estaba en la cárcel. Robaba.

—Pues en la cárcel también se está bastante mal.

—¡Tú estas loco! No es nada parecido. En la cárcel ves a gente, y hablas con ella; si quieres puedes hacer cosas, tener trabajo... Hasta puedes ir a clase y te puede ver la familia. Y sabes seguro que, si te portas bien, vas a salir de allí.

—¿Has estado tú?

—¡Vete a paseo!

—Yo creo que lo peor es cuando se le acaba el aire. En esos sitios no hay ventanas.

—Lo peor es no tener tele. Así, tiene que ser muy aburrido.

—Para mí lo peor sería no poder ver jugar al «Depor» y al «Compos».

—A lo mejor los secuestradores le dan videojuegos.

—Sí, sin pilas.

—¡Basta! ¡Callaos un poco!

Don Carlos nos había dejado hablar, pero luego le entraron ganas de hablar a él y tuvimos que callarnos.

21

PROFE, A MÍ ESAS COSAS ME DAN MIEDO

—¡Escuchad! —dijo don Carlos—. Con esos temas no se debe jugar. Para que lo entendáis mejor, ¿alguno de vosotros se ha quedado alguna vez encerrado en alguna parte?

Todos permanecimos callados. El profe echó una mirada a Rodrigo y le dijo sonriendo.

—¿Tú tampoco, Rodrigo?

A Rodrigo se le puso cara del color de la fiebre y le contestó que sí, que se había quedado encerrado en un aseo del cole a la hora de la salida.

—¿Y qué sentiste?

El profe, que a veces hace eso, no le dejó contestar. Siguió hablando él, como si fuese adivino.

—Bien, Rodrigo se quedó encerrado en un sitio conocido: era un aseo de su colegio, tenía luz, todo el aire que quisiese, hasta tenía agua en la cisterna.

—Pero ya habían acabado las clases y habían cerrado el colegio —protestó Rodrigo.

—De acuerdo —continuó el profe—, pero, como mucho, sabías que te liberarían por la tarde, suponiendo que se hubiese marchado todo el mundo, cuando llegasen las personas de la limpieza. Y, en todo caso, al otro día estaríamos todos aquí de vuelta. Quiero decir que, si cualquiera de nosotros se siente fatal sólo por quedarse encerrado en un aseo, o en un ascensor, o en cualquier situación que no dura demasiado, ¿cómo se puede sentir una persona secuestrada en un lugar desconocido, terriblemente incómodo, durante un tiempo que no sabe lo que va a durar ni lo que le van a hacer...?

—¿Por qué secuestran, profe? —preguntó Olalla.

—Para conseguir dinero —respondió enseguida Ventín.

—No siempre es por dinero. Es mucho más complicado, pero igual de injusto.

Si a veces no es para obtener mucho dinero, nosotros lo entendíamos menos aún. No sabíamos por qué cogían a personas que no eran famosas, ni ricas, ni nada... Nos quedamos un poco callados hasta que Catalina empezó de nuevo:

—Si me pasa a mí, yo me muero, profe.

—Bien..., tú eres una niña y ojalá nunca ninguno de vosotros tenga que experimentar semejante barbaridad, pero supongo que, en ese caso, el poder de la mente tiene que ser importantísimo. Se debe mantener la esperanza de que cualquier día te suelten o te liberen. Luego, claro, hay que aprender a adaptarse a lo que tienes allí para aprovechar las cosas lo mejor posible. Hablar, moverse, leer y escribir si es posible, evitar los pensamientos negativos, los malos, quiero decir, pensar en la familia, en los amigos...

—Pero, profe —dijo Catalina—, eso puede ser los primeros días. Cuando ya estás ahí una semana, y otra, y otra...

—Sí..., quiero pensar que la telepatía existe —como nos vio la cara de no entender demasiado, aclaró—: Que el poder de comunicación de la mente puede hacer milagros, y que la gente que desde fuera se une demostrando esa solidaridad de la que hablábamos antes de alguna manera ayuda a resistir.

—Es que yo —habló Leila, por fin— no entiendo mucho eso de solidaridad: todos con lazos azules..., todas las luces encendidas a la misma hora, muchas velas encendidas por cada día de secuestro... A mí me parece que es como estar jugando. ¿No tendríamos que ir todo el mundo e intentar liberar a esa persona? Aunque sea con palos..., averiguar dónde la tienen.

A nosotros nos parecía que lo que Leila decía era cierto, hasta que el profe nos explicó que esas cosas no eran ninguna tontería, que significaban mucho. Así, los secuestradores sabrían que la gente no olvidaba al secuestrado, y sobre todo, lo sabrían la familia y la propia víctima, ya que a veces le dejaban algún periódico. Eso hace que sigan manteniendo la esperanza de ser liberados.

—También secuestran a mujeres, profe. Una vez secuestraron a una farmacéutica, que me lo contó mi madre.

—Por supuesto —le dio la razón el profe—, en eso no hay diferencias.

Habríamos seguido hablando toda la mañana, si no hubiese sido por la imbécil de Iria, que soltó:

—Profe, a mí estas cosas me dan miedo. Vale ya.

22
PAPÁ ESTÁ SECUESTRADO

Como, excepto Iria, nadie quería pasar a otra cosa, don Carlos nos pidió que hiciéramos un trabajo, una redacción, un cuento..., lo que quisiéramos, pero que estuviese relacionado con el tema de los secuestros.

—Después, entre todos, escogeremos el que nos parezca más bonito y lo mandaremos a los periódicos, a ver si nos lo quieren publicar, y ojalá sirva de algo, para que suelten a don Ramón González, ya sabéis, ese empresario que lleva seis meses secuestrado no se sabe por quién —nos dijo.

Por aquellos días muchos colegios hicieron actos solidarios para pedir que liberasen a don Ramón, que no tenía culpa de haber nacido rico. Ángel dijo que algunos ricos sí que tienen culpa y empezamos otra discusión.

—Si te haces rico porque trabajas mucho, no es malo.

—Mi padre dice que trabajando nadie se hace rico.

—Eso es mentira. Hay ricos que trabajan muchísimo.

—Pues a mí me gustaría tener mucho dinero y un avión para mí solo.

—Una avioneta.

—No, un avión.

—¡Silencio! —gritó el profe.

Estábamos a punto de empezar, algunos de nosotros ya habíamos puesto la fecha y todo. Estrella, que permanecía tan callada que hasta nos habíamos olvidado de que estaba allí con su lazo azul, soltó como una bomba:

—Papá está secuestrado.

Lo dijo muy seria, pero como todos sabíamos que mezclaba la realidad con lo que veía en la tele, con lo que escuchaba..., nadie le hizo mucho caso. Y don Carlos, debió de ser que le pareció que nos había impresionado demasiado, cogió y se puso a contar chistes antes de que empezáramos a escribir. Por su culpa, algunas cosas que escribimos salieron divertidísimas, a pesar de ser un tema triste.

El de Catalina parecía un cuento de un libro. Además, se metió con algunos de clase, y así nos reímos más.

Como muchos de vosotros sabéis, hace trescientos años secuestraron al señor Santiago Búa. Todo el mundo sabía que era un señor rico, pues tenía mucha fama. De ese modo, pidiendo un rescate de muchos millones de dólares, pensaban los secuestradores vivir sin trabajar el resto de sus asquerosas vidas.

El señor Santiago era un jugador de la NBA. Era altísimo y muy presumido. Siempre tenía muchas cadenas de oro. Las suelas de sus tenis eran de plata y las de los zapatos de fiestas importantes eran de oro. Las camisas tenían botones de diamantes auténticos.

Santiago no cabía de pie en el cuarto cutre donde lo metieron y no sabía cómo hacer para pasear. No quería que los músculos se le quedasen agarrotados.

Los secuestradores no tenían ese problema. Eran los siete enanos de Blancanieves, que se volvieron locos por culpa de un agujero que había hecho Ángel Costas en la capa de ozono. Ellos estaban acostumbrados a respirar el aire puro del monte, y el aire contaminado mezclado con los rayos directos del sol los convirtió en malvados.

Cuando el señor Santiago quería pasear tenía que hacerlo de rodillas. Y así estuvo durante unos años.

Un día, Olalla, que era la mejor costurera de la villa, cosió la capa de ozono. Le puso un remiendo azul muy bonito. El aire ya no tenía esas radiaciones raras y los enanos se volvieron buenos otra vez y volvieron al Palacio de Blancanieves. Se arrepintieron de lo que le habían hecho al señor Santiago y lo soltaron.

Tuvieron que llevarlo a casa en un remolque. Ya no era capaz de doblarse de otra manera para entrar en el coche y no cabía en el Twingo.

El señor Santiago sólo sabía andar a gatas y sus cadenas de oro le arrastraban por el suelo. A la gente, cuando lo veía pasear con su mujer, le parecía muy raro y se le quedaba mirando.

—¡Qué loco está ese hombre! —murmuraban por lo bajo.

Su mujer, Alba, sentía mucha vergüenza y se le ocurrió poner a su hijo Martín encima de Santiago con las piernas abiertas. Así, la gente dejó de criticar y decía:

—¡Mira qué bonito es ver a un padre llevando a caballito a su hijo!

Y Alba, a su lado, iba toda presumida.

Después de leerlo, todos nos echamos a reír. Imaginábamos a Santiago andando de rodi-

llas, y además es verdad que le gusta mucho el baloncesto. Es muy alto. Alba se puso bastante colorada, y el profe no sé qué refunfuñaba, por lo bajo, de lo crueles que éramos a veces los chicos.

23
TRES MALDITOS SECUESTRADORES DE OFICIO

Ángel también quiso leer la suya. Nada más empezar ya nos echamos a reír. Ángel lee altísimo, parece que quiere que lo escuchen en el siglo pasado, que ya es difícil. Puso un tono que parecía de presentador de telediarios dando una noticia importante:

Tres malditos secuestradores de oficio estaban en un parque público en pleno día. Serían aproximadamente las doce y cuarenta y cinco de la mañana. Discutían sobre cuál era la mejor persona para secuestrar.

—Mejor el del palacio de la montaña. Ése es más rico.

—No, no, mejor el que tiene el BMW negro. Ése tiene más dinero.

—No seáis burros. Es mucho mejor que secuestremos al dueño de un banco. Allí está el dinero de todos.

Y aún siguieron discutiendo un buen rato:

—La comida se la haces tú —decía el de más edad.

—Pues tú le lavarás el orinal cuando haga caca —protestó el de los dientes de ardilla hambrienta—. A mí me da asco.

—Yo me pongo frente a la entrada de la caseta que lleva al zulo y aviso a todos los que pasen que allí no hay ningún secuestrado. Así despisto —propuso el más tonto de los tres.

Ninguno de ellos se dio cuenta de que en el banco de atrás había una señora haciendo punto. Debía de llevar mucho tiempo escuchando, porque tenía ya una bufanda que parecía hecha para abrigar a un hipopótamo o a un barril de vino.

La señora en cuestión ponía cara de pasmada para pasar desapercibida. En realidad, era una poderosísima bruja que, casualmente, estaba de vacaciones en la villa y se sentaba a hacer punto para relajarse un poco.

Por suerte, la poderosa bruja, que siempre iba provista de su equipo por si las moscas, tenía manía a los secuestradores de oficio. Y dada su experiencia en casos semejantes no precisó exprimirse mucho el coco para reducir a aquellos indeseables.

Fue suficiente darles un toque en la cabeza con una de sus agujas de hacer punto. Éstas, en realidad, no eran más que dos estupendas varitas mágicas. Un buen observador lo notaría enseguida por el brillo especial y por el impresionante olor a jazmín que desprendían.

Al primero decidió convertirlo en un canario afónico, y pensó en meterlo en una jaula para que experimentase amargas sensaciones y se arrepintiese.

Al segundo lo volvió pescado azul, que es de menor categoría que el blanco, y lo metió en un bote vacío de guisantes congelados de reducidas dimensiones.

De ese modo no se podría mover ni ver el exterior, puesto que el bote no era de cristal, sino de lata. Acaban de informarnos en nuestra redacción de la categoría del pez. Es un jurel.

Las dos primeras transformaciones le habían exigido un esfuerzo de concentración tan grande, que la bruja se negó a seguir. Decidió que el tercero sería una asquerosa rata de alcantarilla de la que se encargarían en breve los jardineros del parque, como así fue.

En este momento no podemos ponernos en comunicación directa con ella, ya que está to-

mando un baño de leche de cabra y sales aromáticas. Desea ya librarse de ese olor apestoso que dejaron en sus lustrosas ropas los malolientes secuestradores.

24

Rufino y su novia Rufina

Don Carlos se cogió la punta de la nariz con dos dedos, tapando casi los agujeros, y la movió deprisa hacia los lados. Nosotros ya sabíamos lo que significaba aquella seña. Necesitaba pensar antes de decir nada.

—¡Vamos, profe! ¡Qué no nos va a dar tiempo! —interrumpió Olalla—. Yo quiero leer la mía.

—Venga, ¿qué tienes?

—Yo..., yo he hecho un poema largo. No sé si tendrá mucho que ver... ¡Pero que no se ría nadie, eh! ¡Ahí va!

En una cárcel de cristal
con rejas de oro brillante
había un perro encerrado,
hermoso como un diamante.

Tenía la mirada triste,
suave pelo de algodón,

con las patitas muy blancas
y penas en el corazón.

El cachorro tenía novia
aguardando en el altar,
con un ramillo de flores
suspirando por casar.

Su nombre era Rufo,
y el de la amada, Rufina;
estaban tan enamorados
como el pez de su espina.

Rufo sollozaba
escuchando el viento.
Rufina sentía
muy dentro el lamento.

Quería saltar,
brincar y correr,
jugar con la escoba,
que era para barrer

Llamó a su dueño:
¡Sácame de aquí!
Tengo que estar libre,
no quiero sufrir.

No lejos de allí
pasaba una ardilla:

¿Qué le pasa al río,
que llora la orilla?

¡No hay cárcel hermosa
aunque de cristal!
¡No es bueno estar dentro
ni para un animal!

Los barrotes comienzan
a moverse un poco,
con forma de estrella
se abren poco a poco.

Rufo salió disparado,
la estrella lo peinó
con sus puntas doradas,
que son cinco, lo sé yo.

Sin ponernos de acuerdo, cuando Olalla terminó de leer su poema nos dio por aplaudir. Fue como si nuestro equipo favorito metiese un gol que le daba el título de liga. Cuando es así no hace falta mirar si el de al lado aplaude. Y, por la cara que puso, al profe también le debió de gustar. Arqueaba mucho la cejas y se acariciaba la barbilla como si quisiese sacarle punta.

25
QUERIDOS SECUESTRADORES

Después de hartarnos de reír con la original noticia de Ángel y de aplaudir el poema de Olalla, otros leyeron las suyas después del recreo. Algunas eran muy chorras, como la de Martín. Puso que secuestraron a un bebé llamado Pablo y que, cuando lo liberaron, todos, los chicos y chicas de su barrio y su familia, incluidos los bisnietos del bebé, estaban aguardando para hacerle una bonita fiesta. ¡Menuda chorrada! Como si pudiesen comprar bisnietos directamente desde el zulo o por correspondencia. Martín aún tiene mucho que aprender. Hasta Estrella, que había permanecido callada durante todo este tiempo, se dio cuenta de la locura de los bisnietos.

—Los bisnietos no nacen solos. ¿A que no, profe? Hay que hacer el amor.

—Así nacen los hijos —aclaró Iria—, no nacen bisnietos.

—Luego... ¿cómo nacen los bisnietos? ¿Verdad que existen los bisnietos, profe?

—Claro que sí, Estrella.. ¿Tú quieres leer lo que pusiste?

—Sí... —nos sorprendió a todos, pues casi nunca quería escribir. Le temblaba bastante la mano.

—Muy bien, venga, empieza cuando quieras.

Estrella lee bastante despacio. También escribe con mucha calma. Cuando empezó a leer, toda la clase sentía una curiosidad enorme por saber lo que se le había ocurrido. Pensábamos que sería algo muy divertido. Las manos le temblaban al agarrar el cuaderno. Nosotros no nos reíamos por eso. Nos ponía nerviosos. El que empezara llamándoles «queridos secuestradores» nos hizo reír en un primer momento.

—¿Os calláis de una vez o acabamos ya con esto? —amenazó el profe.

Seguro que ya estaba harto de tanto hablar de lo mismo. Nos callamos. Queríamos saber lo que había puesto Estrella.

Queridos secuestradores:

Sé que tenéis secuestrado a mi padre. Dejadlo salir. Os lo pido yo, que soy Estrella. Yo tengo una pulsera de bolitas rojas y os la doy.

¿Sabéis, queridos secuestradores, que papá es casi mago? Sabe reparar camiones que no andan. No puede estar encerrado en un sitio en el que no cabe.

Papá, no llores, no quiero que se te pongan los ojos feos. Voy a pensar mucho en ti y te veré. ¿No tienes cama, papá? Te presto la mía. Esta noche no la mojé. Voy a hacer cuentas torcidas de dividir. Todas bien para que no te pongas triste cuando veas la libreta, ¿vale? No quiero que tú estés solo. Si cierras los ojos, me ves, ya verás.

Queridos secuestradores, ¿a que no sois malos del todo? Las personas que hacen cosas malas, cuando son más mayores, están muy tristes y se les queda la boca cosida. No pueden contar historias bonitas y lloran siempre. Me lo dijo la abuela, que siempre está contenta. No pongáis a papá en un sitio pequeño sin aire. Papá respira mucho.

Yo voy a hacer una cosa importante para que vengas pronto. No se lo voy a decir a nadie.

Adiós, buenos días, un abrazo y muchos besos fuertes.

Estrella

26
Se convirtió en una heroína famosísima

Parecía una carta un poco tonta; aun así, a casi toda la clase nos gustó más que otras historias. Estrella leía muy despacio, como lee siempre, pero estaba tan seria, que parecía una carta de verdad, y no nos reímos más.

—Bien, ¿queréis entonces que mandemos el trabajo de Estrella? —preguntó don Carlos.

Como unos pensábamos que sí y otros que no, el profe dijo que lo íbamos a hacer de modo democrático y votamos. Cortó dos folios en muchos trozos y nos dio un trocito a cada uno. Cada uno puso el nombre que quiso y los doblamos. Don Carlos nos pidió que los lleváramos por orden de lista a su mesa, pero ya nos habíamos levantado del sitio y los entregamos sin ningún orden. Como eran veinte y nosotros éramos veinte en clase, quedó perfecto. Teresa, que es la benjamina, ya que celebra su cumple en Navidad, fue la encargada de ir leyendo los nombres. Casi todo los papeles ponían Estrella, menos uno que ponía «iria» y otro que ponía «antón». Desconfiamos de que fuesen ellos mismos. Estaban con letra minúscula y siempre tenían muchas faltas. La de Estrella también fue fácil de descubrir. Ponía con letras muy grandes: «Quiero mandar la carta a los secuestradores de papá.»

El profe pensaba enviar el escrito a todos los periódicos por si querían publicarlo. Nos pidió que firmásemos al pie los que deseásemos apoyarlo. Firmó toda la clase, aunque algunos parecían niños pequeños. Por ejemplo, Teresa firmó poniendo el nombre y apellidos con letra normal. No parecía una firma.

Junto con la carta, don Carlos les envió una nota en la que aclaraba un poco las dificultades que tenía la alumna que la había escrito. Suponemos que fue para que le diesen más valor y no se fijasen tanto en los fallos, pero los muy idiotas la llamaron «DEFICIENTE MENTAL» en letras grandes. Ahora, también don Carlos se ha enojado con ellos y ya le pesa haber enviado la aclaración.

Es verdad que, a veces, a Estrella no le es fácil aprender algunas cosas. Si decimos las provincias de una comunidad dos veces seguidas mirando el mapa y no son ocho como en

Andalucía, en el momento nos salen, aunque después las olvidemos. A Estrella le cuesta decir tres provincias seguidas aunque las acabe de mirar. Sin embargo, sabe hacer otras actividades.

Estrella estuvo saliendo tres días seguidos en las noticias de la radio, de la tele, de los periódicos... Se convirtió en una heroína famosísima.

—¿Oísteis? —nos dijo Alba—. Un importante director de cine estuvo hablando con el profe y con los padres de Estrella. Quiere hacer una película contando lo que Estrella fue capaz de hacer.

A nosotros nos pareció una idea estupenda. Muchos nos apuntaríamos para ser extras, pero a los padres de Estrella no les pareció tan buena y no aceptaron. Y eso que les iban a pagar mucho dinero. Tampoco quisieron que hiciesen fotos de aquellos momentos horribles del rescate. Sólo las hizo la policía, pero ésas eran para indagar, no para salir en los periódicos.

27

ESTRELLA NO ESTÁ EN SU CASA

El día que publicaron por primera vez la carta de Estrella fue una fecha terrible. Y no porque comenzase a llover y no parase en varios días. Ahora, aunque sigue lloviendo algo, ya estamos más tranquilos. Era viernes. Fue justo el viernes pasado. Era el último viernes del curso. El martes nos darían las notas y ya no tendríamos que ir más. Ni siquiera volveríamos al colegio. El curso que viene comenzaremos en el instituto. Sólo Iria y Antón se quedarán otro año más en sexto de Primaria. Estrella ya había repetido, aunque no tienen pensado mandarla al instituto.

Ese viernes, aunque un poco nerviosos, estábamos muy contentos. Don Carlos entró en la clase con tres periódicos que habían publicado la carta, con nuestras firmas incluidas. Nos empujábamos los unos a los otros para ser los primeros en encontrar nuestra firma.

—¡Basta! No seáis bebés. Haremos copias para todo el mundo —trató de calmarnos el profe.

Estrella no había venido a clase. Faltaba muchas veces, pero nos parecía raro que no viniese el día que íbamos a hacer la fiesta de fin de curso. A esas cosas no acostumbraba faltar.

Don Carlos fue un momento a secretaría para sacar las copias antes de nada. Mientras tanto, nos quedamos a preparar la fiesta. Con folios limpios y celo hicimos una especie de cajas, como nos explicó el profe. Eran los platos para echar las golosinas que teníamos en las bolsas. Pusimos todos los pupitres juntos a la misma altura y los convertimos en una gran mesa de comedor. Catalina trajo dos paquetes de vasos de plástico. Alcanzaron justo para todos, hasta para don Carlos, y eso porque Estrella no vino, si no, habría faltado uno.

Estábamos echando en los vasos los refrescos cuando entró don Carlos por la puerta. No traía las copias ni los periódicos, pero nosotros estábamos tan contentos que ni siquiera nos dimos cuenta.

—Callad un poquito —dijo—. Estrella no está en su casa.

En principio no nos pareció raro. Podría haber ido al médico o de compras... Lo que nos asustó fue la cara blanca del profe, que se había vuelto del mismo color que los improvisados platos en que poníamos las golosinas.

—¡Qué ha pasado, profe?

—Que ayer, al anochecer, desapareció y aún no la han encontrado.

Como si nos hubiesen metido de pronto una piedra enorme en el estómago, se nos paso el hambre. Sólo Antón seguía comiendo patatas fritas y, como era el único y hacía tanto ruido, paró enseguida.

La fiesta terminó de esa forma. Estrella, la compañera nueva que no queríamos con nosotros, por la que nadie tenía en otro tiempo interés, acababa de producirnos a todos un nudo doloroso en la garganta.

—A lo mejor fue por culpa de lo que hablamos ayer en clase —dijo Iria *Metepata.*

Don Carlos, tras una profunda mirada y sin decir nada, volvió a salir.

A partir de aquel momento, todo el colegio se revolucionó y nosotros ya no sabíamos si era por lo de Estrella o por la fiesta de fin de curso.

28
Fuimos sin permiso

A la salida del colegio, dos policías vinieron a hablar con el profesor, que estaba muy nervioso. Después también nos interrogaron a nosotros.

—¿No tenía amigas?

—¿Qué tal iba en clase?

Nos hicieron montones de preguntas estúpidas. Estrella tiene cuantos amigos y amigas quiere y nunca estuvo preocupada por las notas. Es muy lista y ya sabe que le cuesta mucho aprender. Además, desde que empezó a ir a las clases de apoyo, avanzó tanto que, en algunas cosas, hasta adelantó a Iria y a Antón, a quienes sus padres no dieron permiso para que fuesen a esa clase de doña Carmen.

—Esas clases son para ignorantes —le dijeron una vez a don Carlos.

Don Carlos, por lo bajo, a veces murmuraba:

—Ignorantes sí que sois vosotros por no haber entendido lo que significa.

Parecía que no le importaba que algunos oyéramos eso.

El padre de Estrella, que estuvo varios días en Alemania, llegó aquella misma mañana. Vino en un vuelo urgente. Nosotros nos pusimos de acuerdo para ir en bicicleta hasta donde vivía Estrella. Sólo se lo dijimos a los más amigos. Además, algunos vivían bastante lejos. Fuimos sin permiso. Lloviendo como estaba, no nos habrían dejado.

A la madre de Estrella, no la vimos para nada, pero un primo hermano de Catalina que es vecino de ella nos contó que se había puesto un poco mal de la cabeza y que, cuando llegó el señor Benito de ese cursillo que está haciendo en Alemania, la llevó al hospital. Tampoco sabíamos que don Carlos había estado con la señora Elena todo el rato, mientras que su marido colaboraba directamente con la policía.

Cuando llegamos junto a la casa de Estrella todo el mundo estaba en movimiento. Había un barullo tremendo. Los vecinos y vecinas que trabajaban ese día pidieron permiso para ayudar a rastrear toda la zona.

Llovía tanto que, aunque llevábamos chubasqueros, estábamos empapados de agua hasta la cintura. Por el canalón de los tejados caían chorros muy gordos. La lluvia nos ponía el pelo liso. Aunque estábamos en el mes de junio hacía un poco de frío. Hasta pusieron en la tele que había nevado en algunos montes de alrededor. El cielo estaba totalmente gris oscuro, ni siquiera tenía forma de nubes. Dejamos las bicis en el cobertizo del primo hermano de Catalina.

Deseábamos ayudar a encontrar a Estrella, pero no sabíamos cómo. También queríamos estar presentes cuando apareciera. Teníamos ganas de verla y hablar con ella. Los mayores nos miraban con cara de «fuera de aquí», por eso andábamos escondiéndonos. Fuimos saltando por los caminos enlodados. Los zapatos se enterraban hasta los tobillos. A Ventín tuvimos que tirarle de una pierna, pues no le salía del barro.

Nos acercamos hasta el río. Había barcas pequeñas con luces y bastantes personas buscando por la orilla.

El que más y el que menos pensábamos en aquel cuento que se llama *El Suso* en el que un chaval aparece ahogado en el río. Cuando don Carlos lo leyó en clase nos gustó mucho, pero ahora teníamos miedo. Íbamos callados, hasta que Iria *Metepata* dijo:

—A lo mejor se ha caído al río y se ha muerto ahogada.

Nos dejó muy preocupados y nos arrepentimos de haberla llevado con nosotros. Por mucho que nos escondiéramos de ella, siempre terminaba por encontrarnos.

—¡No digas esas cosas, que dan escalofríos!— protestó Olalla.

—A mí no me asustan los muertos. Mi padre es médico forense y está acostumbrado a tocarlos continuamente —presumió Catalina.

—¿Los abre? —preguntó Ángel, que estaba bastante asustado.

—Pues claro, pareces tonto. A veces es la única manera de saber de qué muere una persona, o cuánto tiempo lleva muerta... Hasta se puede descubrir quién fue el asesino. Se pueden encontrar huellas en el cuerpo de la víctima.

—Eso en el caso de que la pisen —contradijo Iria, haciéndose pasar por sabia.

—¡Serás idiota! Huellas no son sólo las que dejan las suelas de los zapatos —se enfadó Catalina—; también los restos de sustancias corporales, los pelos...

—¡Callaos ya con esas cosas! —protestó Blas—. Parecéis tan tontas una como otra. ¡Ni que Estrella estuviera muerta!

29

Alguien la tiraría al río después de muerta

112 Desde la zona del río en la que nos encontrábamos podíamos ver la casa de Estrella. La lluvia amainaba y dejaba ver el paisaje y las casas. La de ella era la que estaba más alta de todo el barrio. Desde aquella posición no veíamos la terraza de la que nos hablaba; aun así reconocimos los balcones de la fachada, las ventanas pintadas de blanco y las grandes chimeneas que Estrella siempre dibujaba. Si cambiábamos un poco de sitio, quedaba tapada por unos árboles que se interponían en medio y sólo podíamos ver la punta de la chimenea más alta.

—Las persianas están bajadas.

—¡Hay una abierta!

—Pero no tiene luz.

—Será que aún no la han encendido.

—Ya sabéis que la señora Elena está internada.

—Se volvió loca. Seguro que, si yo muriese ahogada, mi madre también enloquecería.

—¡Qué idiota eres, Iria! ¿Quién ha dicho que Estrella está en el río?

Estábamos un poco nerviosos, por eso no decíamos más que cosas estúpidas. Estrella no podía estar muerta.

De pronto, las nubes comenzaron a vaciar agua a cubos; habían decidido poner fin a la tregua. Fuimos a por las bicicletas. El camino en cuesta, lleno de zarzas que nos arañaban hasta en la cara, dificultaba la subida. Nuestras respiraciones agitadas interrumpían el ruido de la lluvia. Nos detuvimos unos segundos y pudimos escuchar el sonido del agua penetrando entre las hojas de los árboles. Nos miramos sin decir nada. La lluvia nos pegaba los cabellos a la frente. Si escampaba, tendríamos que irnos para nuestra casas. Se iba a hacer de noche y ninguna de las bicis tenía luz. Nos disponíamos a continuar con el ascenso cuando escuchamos:

—¡Aquí, venid aquí, pronto!

La voz llegaba del mismo río. La curiosidad nos pudo a todos y, sin siquiera ponernos de acuerdo, corrimos hacia donde venían las voces. Nos escondimos deprisa detrás de unas mimbreras antes de que se dieran cuenta de nuestra presencia y nos echaran del lugar. Nos movíamos de un lado a otro buscando el mejor punto de observación. Parecíamos las hojas de las mimbreras empujadas por el viento. Lo único que conseguimos fue ver lo que nos permitía el ramaje, que era poco, y escuchar lo que allí se decía:

—¡Cuidado, mejor con un gancho!

—Se nota que es un cuerpo.

—¡Venga, ya lo tenemos! ¡Arriba!

Catalina se mareó y rompió a llorar. Los demás seguíamos mirando asustadísimos. En ese intervalo, si hubiésemos podido escoger, habríamos echado a correr sin mirar para atrás. Nadie se sentía con fuerzas para acercarse y ver una Estrella diferente de la que conocíamos, una Estrella blanca y ahogada, con los ojos abiertos como los del Suso del cuento.

—Hay que enterrarla. ¡Puercos! Habría que meterlos en la cárcel —escuchamos entre los escalofríos que nos producía el frío y el miedo.

—Es que estas cosas no se pueden permitir —continuaban.

Suponíamos que se referían a los asesinos de Estrella, y a nosotros el cuerpo no nos respondía. A Catalina le dio un ataque de histeria y empezó a gritar cosas raras. Nos descubrieron.

—¿Quién anda ahí?

Nos encontraron y nos echaron una buena reprimenda, llamándonos irresponsables y cosas más fuertes.

—Queremos ver a Estrella —dijo Santiago de pronto—. Era mi compañera de clase y quiero verla.

—De acuerdo —contestó uno de los hombres—, pero cuando demos con ella. Y vosotros no tenéis permiso ni edad para estar aquí en estos momentos.

Así supimos que aquel cuerpo muerto que encontraron en el río no era el de Estrella, sino el de una ternerita recién nacida. Alguien la había arrojado al río después de su muerte.

—A lo mejor está secuestrada —se atrevió a insinuar Ángel.

—¡No digas tonterías, chaval! Lo único que haces es estorbar. ¡Fuera! —respondió de muy malas maneras uno de aquellos hombres.

Nos alejamos como si fuésemos perros con el rabo entre las piernas, aunque por dentro no nos importó que nos hubiesen reñido.

La esperanza de que nuestra amiga se encontrase con vida nos dio fuerzas a todos para subir deprisa y coger las bicicletas. Debíamos volver a casa antes de que se hiciese noche cerrada. Aún tuvimos que esperar unos minutos a que amainase la lluvia. Cuando nos decidi-

mos a montar en las bicicletas todos teníamos las mejillas mojadas. Ninguno podría precisar, mirando a los demás, si aquellas gotas que resbalaban por nuestras caras eran gotas de agua o lágrimas.

30
ESTRELLA NO SERÍA CAPAZ DE INVENTAR ESTO

Esa noche tardamos mucho en dormirnos, y no porque nos hubiéramos empapado, sino porque nos impresionó oír hablar a sus padres por la radio. Aparecieron en varias emisoras, e incluso, en dos cadenas de televisión, salieron en los telediarios de la noche.

—Por favor —decía su madre—, Estrella es una niña muy especial, muy ingenua. Tiene muchísimo miedo a la oscuridad y a la lluvia. Sola no puede ir muy lejos. Si alguien la ha retenido, tengan en cuenta que es muy sensible, que sufre mucho porque lo cree todo; tiene una cierta deficiencia, no le hagan...

Y empezó a llorar y ya no siguió hablando. Algunos de nosotros todavía salimos a la ventana y vimos que todas la casas estaban iluminadas. Habría sido bonito si no hubiésemos sabido por lo que era. Nadie en toda la villa podía dormir. Algunos de nosotros, poco habi-

tuados a permanecer despiertos tantas horas, terminamos por caer en la cama rendidos, ajenos ya a todo lo que fue sucediendo después.

Más tarde supimos que don Carlos acompañó a la familia durante toda la noche. En realidad, le hizo compañía a doña Elena en el hospital. Todavía se encontraba bastante mal. Noa y Alberto, los hermanos de Estrella, se quedaron en casa de unos vecinos, y su padre quiso continuar colaborando con la policía y con los voluntarios que rastreaban los montes de los alrededores. En el río no encontraron nada, pero no descartaban la posibilidad de que pudiera aparecer en cualquier otro tramo de su camino hacia el mar.

—El jueves, en la escuela salió el tema de los secuestros y pensamos en solidarizarnos con la familia de Ramón González enviando una nota a la prensa —explicaba don Carlos a la madre de Estrella—. Mire, tengo aquí un recorte de un periódico donde lo publicaron ayer. Escogimos la carta de Estrella. Nos pareció a todos la más auténtica.

El profe se sentía culpable y le dio el recorte del periódico a la madre de Estrella para que lo leyese.

—Estrella no sería capaz de inventar eso —dijo doña Elena al terminar de leerlo.

—Pues le aseguro que fue ella —insistió don Carlos—. Lo hizo delante de todos, en la misma clase. Teniendo en cuenta sus dificultades, escribe muy bien.

—No me refiero a eso, sino a que cuando Estrella escribe una cosa así es porque lo cree. Por algún motivo pensó que su padre estaba realmente secuestrado. Me pregunto a qué se referiría con lo de que iba a hacer una cosa importante. ¡Señor, Señor! ¿Qué habrá hecho?

Don Carlos, muy disgustado, pedía miles de disculpas por haber tratado aquel tema delante de Estrella.

—Yo sólo pretendía unir fuerzas, sumarme a la iniciativa que tuvieron ya otros colegios...

Como si de pronto recuperase la memoria perdida, doña Elena empezó a abrir los ojos de manera exagerada y habló:

—¡Santo Dios! ¡Toda la culpa ha sido mía! Justo el jueves por la mañana, Estrella perdió el autobús y yo me puse realmente de mal humor por tener que llevarla al colegio. Tenía el tiempo justo para llegar a la oficina.

—No creo que eso tuviese mucho que ver...

—Ya lo creo que tuvo que ver. Justo cuando salíamos, llamó un amigo por teléfono preguntando por Benito, y sólo a mí se me ocurre decir, delante de Estrella, que llevaba quince días secuestrado. Ya sabe, es una manera de hablar...

Doña Elena se echó a llorar de nuevo.

—¡Increíble! Increíble que estas cosas me pasen a mí. ¿Qué habrá hecho esta chiquilla?

—Cálmese, ya verá como todo acaba bien. Tenga confianza —fue lo único que pudo decir don Carlos.

31
NO DEMASIADO LEJOS SE ESCUCHABA EL SONIDO DE UN HELICÓPTERO

No demasiado lejos se escuchaba el sonido de un helicóptero que no dejó de recorrer la zona durante muchas horas. Estaba manejado por expertos y continuaba, desde las primeras luces del alba, una desesperada búsqueda desde el aire. Fue una orden expresa de las autoridades de la villa. El mal tiempo y la noche añadían un terrible riesgo a las tareas de búsqueda. Tenían que moverse con muchísimo cuidado, ayudados por señales luminosas que otros técnicos les hacían desde tierra, indicando los puntos más altos.

Cuando sobrevolaba el tejado de la casa de Estrella, vacía esa noche, se oyó una voz grave a través de un megáfono.

—¡Creo que es un simple envoltorio de ropa! Acércate todo lo que puedas.

El helicóptero, moviéndose en el aire con grandes dificultades, se mantuvo un tiempo en ese lugar. Uno de lo ocupantes iluminó con un potente foco el bulto que se observaba al lado de la chimenea más baja.

—¡No es posible identificarlo desde aquí! —gritó por el megáfono—. Tenéis que buscar la forma de acercaros por tierra. Por la parte trasera de la casa hay un acceso que puede servir. Desde la terraza tenéis la posibilidad de aproximaros. No nos podemos arriesgar más.

Aguardaremos unos minutos y emprenderemos el regreso. Esto es demasiado peligroso.

Dos de los muchos policías que buscaban por tierra fueron los escogidos para esa misión. Equipados con botas especiales, cuerdas, ganchos y pequeñas linternas se acercaron a la terraza y comenzaron a subir. La lluvia seguía cayendo con fuerza, dificultando las tareas de búsqueda y posible rescate en el caso de que aquel envoltorio de ropa mojada correspondiese al cuerpo de Estrella.

—¡Que se aparte el helicóptero! —avisó uno de los policías—. Retirad las luces. Si es la niña, estará asustada. ¡Ahora es cosa nuestra!

Entre el ruido del motor y el que producían las gruesas gotas de lluvia golpeando las tejas, era casi imposible que se entendieran. Uno de los policías decidió recurrir a las señas y, con los brazos, les avisó que se apartaran.

—¡Cuidado!— gritó el otro policía—. ¡Está muy resbaladizo!

A punto estuvieron los dos de caer tejado abajo. Las tejas tenían demasiado musgo e impedían los movimientos rápidos. Echaron una cuerda alrededor de la chimenea pequeña para que les sirviese de sujeción. A pesar de su experiencia tuvieron que intentarlo varias veces. La lluvia seguía obstaculizando los desplazamientos. No sin trabajo, llegaron por fin hasta la chimenea, ayudándose también con una pequeña linterna.

—Por si acaso es la chiquilla, vamos con cuidado. Cuanto menos la asustemos, mejor —dijo uno de los policías...

Y así lo hizo el otro: muy despacio fue levantando aquella tela oscura.

—¡Al fin! ¡La encontramos!

Estaba encogida como un gato cuando duerme. No podían saber con seguridad si estaba viva. No se movió en todo el tiempo. Pensaron que, si no estaba muerta, precisaría ayuda médica urgente. Habían sido dos días de tremendo temporal, a pesar de las fechas de junio, que convirtieron este tiempo en lo más crudo del año.

—¡Rápido, llamad una ambulancia!

Allí mismo, junto a la chimenea, con muchas dificultades, los dos policías luchaban por reanimar a Estrella. No respondía.

Pronto aparecieron más de una docena de personas en la terraza. Dos de ellas subieron al tejado con una manta seca para envolver a Estrella. Entre los cuatro, trepando como verdaderos gatos, consiguieron acercar el cuerpo al alero. No pasaron ni cinco minutos y en la terraza de la casa ya aguardaba alguien con una camilla. Estrella seguía sin moverse y sin abrir los ojos.

—¡Venga, dejadme verla! —pidió uno de los enfermeros.

Enseguida, presionó con los dedos el cuello de Estrella.

—¡Está viva, está viva! ¡Al hospital!

De camino le hablaban, tratando de reanimarla..., pero Estrella no respondía a nada. La única señal de que aún continuaba con vida era su corazón latiendo débilmente.

Los medios de comunicación, que no dejaron de informar durante toda la noche, dieron cuenta de la noticia.

Estrella seguía fría, sin reaccionar ante nada. Todos los que la veían temían por su vida.

32

¡PAPÁ, YA NO ESTÁS SECUESTRADO!

Los periodistas llenaban la entrada del hospital, pero la policía les prohibió pasar. Las cámaras de televisión sólo pudieron grabar desde lejos. La madre de Estrella, que seguía allí, tuvo permiso para acercarse enseguida. La besó y, como estaba tan fría, miró a la cara de los dos médicos con ojos de mujer asustada que quiere hacer muchas preguntas y no le salen.

—Está viva, tranquilícese —la calmaron.

Estrella estaba empapada de agua, y un poco deshidratada. Llevaba dos días sin comer ni beber nada. La última comida que hizo fue la del desayuno del jueves. Al mediodía ya no quiso comer. Le inyectaron una botella de suero y le pusieron calor. La madre no se movió de su lado. Le acariciaba el pelo y le hablaba con palabras dulces. El profesor aguardaba fuera.

Don Benito, que supo de su aparición al mismo tiempo que gran parte del vecindario y de los policías que peinaban el monte, no tardó. Entró corriendo y abrazó a su hija, besándola en la frente, en el cuello, en las orejas, en las manos... repetidas veces.

—¡Estrella, tesoro!

Al escuchar la voz del padre, Estrella abrió los ojos y habló con mucha calma, con una voz aún ronca y débil.

—¡Papá! ¡Te-han sol-ta-do!

Su padre, que no entendía nada, le llevó la corriente para no fatigarla.

—Sí, tesoro, ya estoy aquí.

—¿Sa-bes, papá? ¡Lo con-se-guí. Te-ní-a mie-do de no-che en el te-ja-do y me do-lí-an mucho los huesos, pero lo conseguí, papá! ¡Te soltaron los secuestradores!

Poco a poco, Estrella fue recuperando la voz y su cuerpo comenzó a entrar en calor. Cada vez que abría los ojos y encontraba la cara de su padre, sonreía y repetía:

—¡Papá, ya no estás secuestrado!

A nosotros nos despertó muy temprano el repicar de las campanas de todas las iglesias de la villa, que tocaban locas como si fuese la fiesta mayor. Nunca, a ninguno de nosotros nos pareció tan bonito su sonido repetido.

También soltaron cohetes como si estuviese a punto de salir la procesión en el día del patrón. El ambiente de nuestras casas, de la calle..., me recordó al de un pequeño pueblecito de la costa en el que cayó el gordo de la lotería de Navidad. Se les veía muy contentos por la tele. Aquí la alegría aún continúa.

Incluso hay un guionista de cine que insiste en hablar con Estrella y con sus padres, pero don Benito y doña Elena pidieron que, por favor, la dejaran descansar y disfrutar con sus amigos; no era el momento más adecuado.

La radio y la televisión no hablaban de otra cosa y en los periódicos del domingo aparecieron noticias como ésta:

EL BRILLO DE UNA ESTRELLA

Estrella Canedo consiguió impactar, con su inocente relato y un tremendo sacrificio, no sólo a los habitantes de su villa, sino al país entero.

Convencida, desde una conmovedora ingenuidad, del secuestro al que estaba siendo sometido su padre, y en un acto de extraordinaria valentía, Estrella estaba dispuesta a permanecer en el tejado de su vivienda el tiempo que fuese necesario hasta que lo dejasen libre. Ni el frío de este especial mes de junio ni la abundante lluvia impidieron que esta niña empeñase todas sus fuerzas en conseguir la meta que perseguía, dispuesta incluso a entregar su propia vida, y estuvo a punto, en insólita protesta.

Ojalá que el brillo que brota de esta sorprendente Estrella consiga encender luz en los fríos corazones de los secuestradores y obre el milagro de poner fin a toda una serie de situaciones injustas que viven algunos de nuestros ciudadanos. Recordemos que el conocido empresario Ramón González continúa privado de libertad desde hace ya más de seis meses.

Y esta noche he soñado cosas un poco raras. En mi sueño estaba Estrella. Yo no era capaz de ver su rostro como lo tengo ahora en mi mente, ni siquiera sus ropas, su voz... Sin embargo, no dudaba de que era ella. De repente desapareció como el humo. No sabría explicar cómo sucedió. Miré al cielo. Estaba muy azul. Ni siquiera había nubes blancas. ¡Miento! Había una. La miré y pude ver cómo se alejaba. Se parecía a una paloma que emprendiese el vuelo.

Ya se lo he contado a los amigos y a las amigas.

En este momento estamos todos tan contentos que le vamos a hacer una fiesta en el

Pabellón. Fuera sigue lloviendo, aunque el sol aparece de vez en cuando.

Doña Elena le explicó a Estrella que hay maneras de hablar que no se pueden tomar al pie de la letra y Estrella se enfadó como nunca:

—¿Por qué dijiste mentiras y no me avisaste, mamá? ¿Te crees que soy tonta?

Índice

Escribieron y dibujaron…

Fina Casalderrey

—Nació en Xeve (Pontevedra) en 1951. Ha publicado muchos libros y ha obtenido importantes premios, entre ellos el Premio Nacional de Literatura en 1996. ¿Cómo llegó a sentir el deseo de escribir?

—Desconozco las razones que me impulsan a realizar muchas de las cosas más importantes para mí. Entre ellas está el hecho de escribir. Tal vez aquellas alas que me ponían cuando me vestían de ángel para participar en la procesión de la misa solemne encendieron la luz. A veces siento que puedo volar por encima de mí misma gracias a esas alas invisibles que me proporciona el poder de las palabras.

—¿Es cierto que sus personajes suelen ser realistas, a veces incluso crueles?

—Sí. Dicen que mis personajes son tiernos e inge-

nuos, también atrevidos, pícaros y, a veces, hasta crueles... Es posible... Deseo huir de ataduras artificiales, de niños redichos o ñoños; quisiera ser capaz de introducirme en su mundo y vivir lo que realmente les preocupa, les divierte, les ayuda a crecer..., arrastrando únicamente mis auténticos valores, mis sueños..., de los que no podría huir.

—*¿Qué ha supuesto para usted escribir este libro?*

—La concesión del Premio Nacional ha resultado de mayor «impacto» que otros premios. Supuso un cúmulo de compromisos que me impedían encontrar paz para la creación. *Alas de mosca para Ángel* ha sido el deseado rayo cálido después de meses de involuntarias nieblas. Ha sido una historia muy deseada, escrita desde la carga vital que me habían producido ciertos acontecimientos reales relacionados con los secuestros. Así recuperé mis alas. A veces necesito de esa ingenuidad de la infancia para mantener la esperanza de cambiar el mundo.

Manuel Uhía

—Es uno de los ilustradores de libros para niños más conocidos en Galicia. Ha ilustrado numerosos libros desde hace varios años. ¿Cuál fue su punto de partida como ilustrador?

—Vine a este mundo en una pequeña aldea de las Rías Bajas llamada Portonovo, y ya desde niño me gustaba hacer garabatos, donde podía o donde me dejaban, sobre los héroes de los cuentos que más me gustaban. Entonces no sospechaba que, con el tiempo, llegaría a ilustrar parte de los libros que ahora llegan a vuestras manos. Más tarde, decidí ampliar conocimientos y fui a parar a una capital grande, Madrid, para estudiar Bellas Artes. Allí entré en contacto con el mundo editorial y la publicidad. De vuelta a Galicia, trabajé en Vigo durante bastante tiempo diseñando e ilustrando en el campo de la publicidad. En la actualidad, desde hace varios años, colaboro como ilustrador

con editoriales gallegas y foráneas, labor que comparto con el diseño y la pintura.

—*¿Qué técnica suele emplear en sus ilustraciones?*

—Acostumbro a trabajar con distintas técnicas, incluso con técnicas mixtas, pero en la mayoría de los libros, como en este caso, utilizo la acuarela.

—*¿Qué ha supuesto para usted ilustrar esta obra de Fina Casalderrey?*

—Para mí es un placer ilustrar los libros de Fina Casalderrey porque son libros que hacen que te introduzcas en el mundo de los protagonistas y que te sientas como un niño más del relato. En *Alas de mosca para Ángel* creo que Fina ha sabido encarar con coraje y humor los problemas de una niña disminuida psíquica frente a sus compañeros de colegio.